김홍주 시인과 함께하는
"이렇게 써보세요"

꿈꾸듯
동시에 꽃을
피워요

김홍주

달아실 月刊 Publisher

어른도 동시를 쓰고 싶어요

어린이들 앞에 서면 나는 한없이 작아진다. 그 이유 중 하나는 어린이들은 마치 스폰지처럼 내가 말한 그대로 스며들기 때문이다.

물론 내 아이들, 딸 세쌍둥이인 내 딸도 동일하다. 완전 판박이다.

아이들의 말 한마디는 마치 부모 마음의 확성기처럼 상대에게 고스란히 전달되어 그 내면의 심성을 바로 알 수 있다. 표현이나 감정 혹은 느낌의 분위기마저 매우 흡사하다. 그래서 나는 어린이들 앞에 서면 말 한마디에도 더욱 세심하게 표현하려고 애쓴다.

그래서였을까? 19세기 유명한 영국의 낭만파 시인 윌리암 워즈워스(1770~1850)는 그의 시 '무지개'에서 '어린이는 어른의 아버지'라고 노래하기도 했다.

200여년 전에도 현재와 동일하게 어린이는 부모를 그대로 보고 배우고 느끼고 성장했음은 의심의 여지가 없다.

2009년 가을로 접어들면서 '강원도민일보'에서 원고청탁이 있었다. 그 내용은 어린이들의 동시 및 글쓰기 면에 실리는 '이렇게 써보세요' 란의 서평을 요청하는 것이었다.

그때 "어? 나는 동시작가도 아닌데?" 하는 생각도 들었지만, '이 기회에 동시도 접해 볼까?'하는 마음이 들어 청탁에 응하기로 했다. 그리고 이 지면이 없어지기까지 10년이 넘게 동시에 대한 서평을 기고한 일이 있다.

참 많이 배웠다. 어린이들의 세계를 통하여 내 시심은 더욱 맑아졌으리라 믿으며, 그동안 내 개인시집도 몇 권을 상재할 수 있었다.

기억에 남는 일화 중 한 가지가 있다. 본 지면에 실린 어린이의 글을 읽은 서울 소재 과자회사에서 아이의 동시를 광고에 쓰겠다고 요청을 보내온 적도 있었다.

그리고 백일장에 나온 어린이 중에서 신문에 실린 작품이 자신의 동시였다고 인사하는 어린이도 더러 만난 적이 있다.

또 한번은 내가 인도 시골마을을 여행 중일 때 어린이 원고를 보내기 위해 산길을 걸어 큰 도시로 왕복 4시간을 걸었던 일도 있었다. 인터넷 통신이 가능한 곳으로 묻고 또 물어 찾아갔던 기억.

참 즐거운 일이다. 동시를 통하여 나는 글쓰기의 즐거움에 흠뻑 빠져 있다. 그 이유는 동시는 원형에 더욱 가까운 보석과도 같기 때문이리라.

신문에 본 지면이 없어지면서 나는 어린이들의 글을 잊을 수가 없어 춘천문화재단을 통하여 그동안 발표된 글을 모아 이 책을 묶을 수가 있었다.

아쉬운 점은 당시 이 글을 쓴 어린이들이 이제는 멋진 청년으로 성장했으리라 생각되면서, 개인적으로 알리지 못한다는 점이 송구스럽다.

그러나 바라는 것이 있다면 이 서평집 출간으로 우리 천혜의 아름다운 강원의 시골학교 어린이들도 함께 읽고 시심을 키우기를 바라는 마음이다.

그리고 큰 꿈이 세상의 아름다운 꽃으로 피어나기를 간절히 소망한다.

2020. 5   춘천 의암호변에서

김 홍주

차 례

(강원도민일보 2009. 09. 25. 23면)
일기문

이 빨

이재훈 / 양양 회룡초 1학년

2009년 6월 15일 월요일
이빨 때문에 나는 도망다니고, 엄마는 실 가지고 따라다니고,
누나들은 웃었다. 이빨은 그대로 있었다.

동시

씨

방민호 / 화천 사내초 3학년

겨울을 녹이면서
봄비가 몰래 내려와 앉으면

비둘기가 콕콕.

아이들은 기다리지 못해
손가락을 쏘옥
집어넣어 봅니다.

꽃씨는……
살며시 눈을 뜹니다.

동시

고마운 나무

이규진 / 원주 단계초 4학년

고마워, 나무야
쨍쨍 내리쬐는 무더운 여름날
내 가슴 속 시원히
쿨하게 해주어서.

고마워, 나무야.
주룩주룩 주룩주룩
비 내리는 날에 집보다
더 가까운 좋은 자리를
마련해 주어서.

고마워, 나무야.
어린 아이들이 놀기 좋은
푸른 놀이터를 주어서 말이야

고마워, 나무야
내 단짝에게 보낼 아주 좋은
편지지를 주어서

고맙고 미안해
사랑하는 나무야
내 삶에 아주 많은
도움을 주어서
사랑해! 나무야.

TV시청에 대한 나의 의견

이강현 / 원주 태장초 4학년

우리 집에 있었던 TV가 빠져 나간 자리에는 책이 보충해주고 있다.

TV가 없어짐으로써 각자 공부를 집중하여 할 수 있게 되었다. 또 가족과 보내는 시간이 더 많아져서 기쁘다.

예전에는 TV앞에만 있었는데 지금은 책을 읽는다. 때론 TV가 보고 싶을 때가 있다. 하지만 난 음식점에 갔을 때만 본다. 정말 필요한 정보는 인터넷이나 라디오를 통하여 안다.

그리고 아빠 엄마와 재미있는 이야기를 나누거나 공기놀이, 부루마블 게임, 카드게임 등을 한다.

주말에는 TV앞에만 계시던 아빠께서 야구와 축구를 함께 해주셔서 너무 즐겁다.

친구들에게 우리 집에 TV가 없다고 하면 깜짝 놀라며 "야! 어떻게 TV 없이 사냐? 진짜 심심하겠다."한다.

하지만 나는 오히려 TV가 집에 있을 때보다 없을 때가 더 시간을 유익하게 보낼 수 있다.

9

아이들의 글을 읽으면 아이들을 배우게 됩니다

어린이들의 글을 읽다가 문득 고인이 되신 아동문학가 이오덕 님이 남긴 말 '아이들의 글을 읽으면 아이들을 믿게 되고, 아이들의 글을 읽으면 아이들을 배우게 됩니다'라는 말이 생각납니다.

나는 매주 학생들의 글을 읽으면서 어린이들의 기발한 상상력에 가슴이 두근거릴 때가 참 많이 있습니다.

어쩌면 이런 생각을 다 했을까?

그리고는 마음속으로 그 아이를 생각하면서 얼굴과 모양새를 그리기도 합니다.

이것은 나만의 즐거운 습관일 수도 있습니다만 여간 기쁜 일이 아닐 수 없습니다.

때로는 바쁜 일로 인하여 원고가 밀릴 수도 있지만 어린이들의 글을 읽는 즐거움으로 거의 식사도 거른 채, 글쓴 어린이의 심정을 살피며 글 속에 숨겨진 진정성을 찾기 위해 애를 씁니다.

그러다가 새롭게 표현한 시어를 발견하면 마치 깊은 산에서 산삼을 발견했을 때처럼 매우 기쁘고 벅찬 문학의 즐거움을 느끼기도 합니다.

어떤 어른들은 아이들의 글을 유치하다거나 하여 별 가치를 두지 않기도 합니다.

심지어는 부모님조차 자기 아이들의 글에 관심 없이 대수롭지 않게 여깁니다.

나는 이런 상황을 볼 때마다 결국 아이의 미래가 불투명하게 보이는 듯하여 안타깝습니다.

바라건대 어른들도 자녀들과 함께 글을 읽고, 편지를 나누고 이야기를 하고, 때로는 산책을 하면서 미래를 열어 보세요.

그러한 모든 일들이 아이에게 삶의 비타민을 먹이는 최고의 보약이라는 생각을 합니다.

이제 가을입니다.

이른바 독서의 계절입니다.

문학을 통하여 현대 생활에 찌들어 가는 영혼을 소생시키며 문학의 기쁨을 만끽하시는 애독자 여러분이 되시기를 바랍니다.

이번에 실은 어린이들의 글은 해외여행기, 일기, 논설문, 동시 등입니다.

그 중에서도 눈에 띄는 작품은 일기문을 쓴 '이재훈' 어린이의 「이빨」이 매우 재미있게 잘 쓴 글이었습니다.

보통 학생들에게 일기를 쓰라고 하면 많은 학생들이 '아침에 몇 시에 일어나서 아침 먹고 학교 가고 집에 와서 무엇을 하고 잤다' 이런 식의 글을 씁니다.

이런 식의 글은 일기가 아니고 마치 생활계획표 같기도 합니다.

일기 쓸 때 중요한 점을 첫째, 매일 되풀이되는 일상생활은 쓰지 말고 중요한 일이나 인상 깊었던 것을 글감으로 정하여 한 가지 일에 대하여 자세하게 써야 합니다.

둘째 거짓 없이 솔직하게 쓰는 것을 원칙으로 하되 그날의 체험이나 생각 중에서 한 가지를 정하여 쓰며 '나는'이나 '오늘은' 등의 낱말은 가급적 쓰지 않는 게 좋습니다.

끝으로 반드시 제목을 붙이고 첫머리에 날짜, 요일, 날씨를 반드시 써야합니다.

동시부문의 작품 「씨」(화천 사내초3 방민호)는 저학년 학생이지만 봄의 정경을 잘 표현하고 있습니다.

적절하게 압축과 비유를 사용하는 창작력이 매우 뛰어납니다.

그리고 「고마운 나무」(원주 단계초4 이규진)를 보면 나무와의 대화를 통하여 나무에게 감사하는 내용이 잘 표현되고 있습니다.

그러나 더 좋은 작품을 쓰기 위해서는 반복을 지나치게 사용하지 않는 것이 중요합니다. 왜냐하면 작품의 긴장성을 떨어트릴 수 있고 시의 긴장성이 약화되기 때문입니다. 그래서 반복은 적절하게 사용해야 합니다.

끝으로 논설문을 쓴 「TV 시청에 대한 나의 의견」(원주 태장초4 이강현)은 자기의 주장과 주제가 분명한 잘 쓴 글입니다.

그러나 좀 더 보완한다면 좀 더 설득력 있게 설명해서 읽는 이로 하여금 공감대를 느낄 수 있도록, 사용하는 언어도 뜻이 명확한 언어를 사용해야 합니다.

가을철을 맞이하여 좋은 시상과 글감으로 좋은 작품을 구상해 보세요. 다음 작품을 기대합니다.

(강원도민일보 2009. 09. 25. 23면)

(강원도민일보 2009. 10. 16. 23면)
산문

방울토마토

권태희 / 원주 무실초 3학년

4월 따듯한 봄날.

우리 반 친구들과 방울토마토를 길러보기로 했다.

햇빛을 잘 볼 수 있도록 화분 2개에 토마토 모종을 심어 창가에 두고 쑥쑥 자라는 모습을 지켜보며 막대도 세워주고 물도 주고 우리들의 사랑도 주고 또 주었다.

선생님의 도움과 친구들의 관심 속에 토마토가 노란 꽃을 피우더니 작은 물방울처럼 가지에 대롱대롱 달리기 시작했다.

"아, 울토마토 아기 때 모습은 이렇구나!" 신기하고 조그마한 모습이 귀여웠다.

빨간 토마토 먹을 상상을 하며 기다리고 또 기다렸는데 마침내 오늘 빨간 토마토를 수확했다.

터질 것 같은 탱탱하고 빨간 토마토가 많았고 아직도 초록색인 것, 주황색인 것도 있었다.

우리들은 그 중에 가장 탱탱한 토마토를 골라 우리가 공부를 열심히 할 수 있도록 도와주시는 선생님들께 먼저 드렸다.

모두 맛있다고 하셔서 기쁘고 맛있게 드셔주셔서 감사했다.

그런데 가장 수고하신 담임선생님께서는 우리들이 다 먹은 후에 잡수시겠다고 사양하셨다.

13

그 다음은 우리 차례. 남학생 1번과 여학생 마지막번이 가위바위보를 했고 남자 1번이 이겨서 남자들부터 한 개씩 따서 먹기 시작하였다.

아쉬웠지만 약속이기에 어쩔 수 없었다.

남학생들은 야속하게도 큰 것부터 따 먹었다. 내가 '찜' 했던 것은 남자애들이 이미 따 버렸고 아이들은 번호를 노래 부르듯이 소리 지르고 있었다.

눈을 감고 내 차례를 기다렸다.

"20번!" 내 차례다.

의자에 올라 가만히 손을 뻗었다.

터질 것 같이 탱탱하고 빨간 토마토가 내 손바닥으로 도르르 굴러왔다.

씻어 입안에 넣었지만 터뜨리기가 아까워서 볼에다 넣고 한참을 다녔다.

너무 달고 맛있다고 껑충껑충 뛰던 태환이가 맛있지, 하고 묻는 바람에 '콱' 깨물었더니 달콤한 토마토의 즙이 입안 가득이다.

너무 맛있다. 토마토 껍질이 싫었었는데 껍질이 있는지도 모르겠다.

토마토를 씹으며 어머니께서 사 오신 토마토가 생각났다.

토마토 두 그루 기르는데 이렇게 정성을 주고 물도 주고 사랑도 주고 기다려서 딴 이 한 알이 이렇게 감동을 주고 보람 있는데, 농부아저씨는 더 많은 양을 기르시고 수확을 하셨을 텐데… 하고 생각하니 방울토마토는 껍질 때문에 싫다고 안 먹고 항상 남기는 음식이 많았던 습관들이 생각나면서 죄송했다.

'농부아저씨. 죄송합니다.'

"방울토마토야, 껍질이 있어도 네가 좋아질 것 같아. 앞으로 껍질 이야기 절대 안하고 맛있게 먹을게. 네 달콤한 맛은 '짱'이야."

빨간 토마토를 모두 우리들에게 내어준 토마토나무가 가지를 치켜들며 내 마음을 알았다는 듯 나를 가만히 내려 보고 있었다.

이렇게 써보세요

내가 겪은 모든 사건이 글 소재

- 정직한 표현으로 감동 이끌어야 -

추석이 지나갔습니다.

하늘은 높고 푸르며 온 들판은 황금색으로 변해갑니다.

감나무에도 감이 주렁주렁 달리고, 밤송이는 입이 크게 벌어져 알밤들이 뚝 뚝 떨어집니다. 명절에 오랜만에 멀리 있던 가족 친지들이 모이고, 조상님들 산소에도 다녀왔습니다. 가고 오는 차량들로 정체가 되어도 마음은 아직도 따듯합니다.

내 고향은 정선군 임계면입니다. 임계에서도 삼척 쪽으로 십 여리를 가면 백봉령 초입새에 관말이라는 작은 동네가 있습니다.

조선시대에 말을 갈아타던 관터가 있던 곳이라는 말도 들었던 기억이 있습니다만, 1960년대에 나는 여기에서 십 여리 길을 걸어 임계국민학교를 다녔습니다.

비가 오면 개울물은 금방 불어나 나무로 만든 외나무다리는 떠내려가고 나는 강어귀에서 어머니를 기다립니다. 어머니는 나 보다 먼저 개울 건너에서 나를 발견하고는 치마를 걷어 올리고 그 물살을 헤집고 개울을 건너옵니다. 나는 거의 어머니에게 매달려 개울을 건넙니다. 개울 중간 쯤에 이르면 물살은 매우 거셉니다.

어머니는 거의 필사적으로 나를 움켜잡고 "이젠 다 왔다, 이젠 다 왔다."라고 나를 위로합니다.

내가 3학년 여름 때, 학교에서 일찍 끝나 혼자 힘으로 개울을 건너려다가 그만 미끄러져 물에 빠지고 말았습니다.

그리고 100여 미터를 떠내려 가다가 간신히 나무에 걸려 구사일생으로 살아났지요. 이 모든 것은 내 어릴 적 추억의 한 부분입니다.

글은 마음의 양식입니다. 누구든지 그의 마음속에는 어릴 적 추억으로 가득할 것입니다. 그런 추억과 경험이 곧 글의 기초가 됩니다.

나도 고향에서의 유년의 모습들을 글의 소재로 참 많이 썼습니다.

어린이 여러분들이 지금 경험하는 거의 모든 것은 매우 중요한 글의 소재입니다.

오늘 전학 온 친구도 글의 소재가 될 수 있고, 학교나 선생님 또는 벌 받은 일, 봉사활동, 청소시간 등 일상생활의 모든 것이 훌륭한 소재가 될 수 있습니다.

이번 글 중에서 매우 잘 쓴 산문이 있어서 너무 반가웠습니다.

원주 무실초3 권태희 군이 쓴 「방울토마토」를 읽으면서 이 학생의 문학적 재능이 눈에 확 띄었습니다.

글의 소재와 동기, 전개, 표현, 결말에 이르기까지 매우 잘 정리되어 읽는 독자들이 즐거워 할 것이 분명한 작품이라고 생각합니다.

이 정도의 글을 쓸 수 있다면 아마 다른 부분에서도 성취동기가 높은 학생이라는 생각이 들 정도입니다.

이 글에서 중요한 것은 자신이 경험한 내용을 글로 표현해 보는 시도입니다.

많은 사람들이 방울토마토를 먹었지만 이렇게 표현한 사람은 세계에서 단 한 사람 권태희 군뿐입니다. 그래서 더욱 가치가 있습니다.

어린이 여러분들이 실제 경험하는 내용들을 글로 써 보는 과정을 통해 장차 문학 작가가 되지 못할지라도 분명 그 외의 분야에서 새로운 창의력과 상상력이 풍부한 우리 사회의 중요한 인재가 될 것이 분명합니다.

대부분 시의 소재를 자연에서 찾는데 이채연 양은 어린이들이 매우 어려워하는 수학에서 소재를 찾았고, 또 글자를 대상으로 시로 써 내려가는 그 용기를 칭찬해 주고 싶습니다.

끝으로 글을 쓸 때 유의할 점은 소재를 중심으로 정직하게 써야 합니다.

빈정거리거나 쓸데없이 반복하거나 자신 없는 표현은 감동을 줄 수 없습니다.

소재에 대한 분명한 이해를 기초로 자신만의 작품을 표현해야 합니다.

이런 자세가 글 쓰는 이의 기초입니다.

여러분들은 세상에서 단 한 사람뿐임을 잊지 마세요.

(강원도민일보 2009. 10. 16. 23면)

(강원도민일보 2009. 11. 27. 23면)

동시

통 일

박지나 / 정선 사북초 6학년

실과 바늘이 만나
찢어진 면이 다시 만나듯
우리 남북도 다시 만나
행복한 세상 만들자

통일은 달력처럼 계획되어 있지 않다.
언젠가 통일이 되는 것이 아니라
내일 당장이라도 통일은 가능하다

왜 많고 많은 나라 중 우리나라가 다친
것일까
그래도 우리나라가 다치길 다행이다
우리나라는 포기란 없으니까.

동시

연 필

성주형 / 춘천 신남초 3학년

드르륵 드르륵
아이고 아파라
머리가 깎인다
이게 뭐야!
키가 작아졌네
맨뒤에서 맨앞으로
점점 나온다

연필 녀석
동네키 짱이었는데
지금은 땅꼬마…

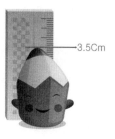
3.5Cm

기행문

현장체험학습 '말랑말랑 라이트 클레이'

정예린 / 정선 사북초 3학년

강릉 하슬라 아트센터에 먼저 가보았다.

그런데 정말 어처구니 없게 태풍이 불었지만 재미있는 하루였다.

핸드폰 고리도 만들었다.

그 곳 찰흙은 '라이트 클레이'라고 하는데 정말 말랑말랑거려서 만들기 좋았다.

그런데 또 천장을 보니 소똥으로 만든 바가지, 그릇, 인형 등 많았다.

너무 신기해 친구들은 저마다 선생님께 질문공세를 마구 퍼부었다.

"왜 냄새가 않나요?"라고 묻자 그 성생님께서는 "냄새나면 안되니까 냄새 안나게 만들었지요"

그래서 나는 너무 신기하다고 생각했다.

나는 우리 가족들 것을 차례로 만들었다. 아빠 것은 펭귄고리, 엄마 것은 토끼, 내 것은 에그몽으로 만들었다. 다 만들고 야외에서 먹기로 했는데 비가 와서 실내에서 먹었다.

그 다음 통일 공원에 갔다.

북한 잠수함에 가보았는데 무지 작았다. 자는 곳, 먹는 곳도 없이 조종기만 있었다. 우리 구축함은 영화속 타이타닉처럼 컸다. 행정실, 조리실, 의무실 등 없는게 없고 방수가 많았다. 비록 비가 와서 너무 아쉽기는 했어도, 친구들과 재미있는 소품들도 만들고, 신기한 잠수함도 볼 수 있었던 이번 현장체험학습을 나는 즐거웠던 소풍날로 기억할 것이다.

이렇게 써보세요

제목은 작품의 얼굴이다

일반적으로 동시 혹은 동화에 대한 이야기 하면 대부분 어린이들만이 주요 독자라고 생각하며 유치하게 생각하거나 가볍게 여기는 경향이 있습니다.

그러나 자세히 들여다보면 요즘 어른들도 자녀와 함께 동시와 동화를 읽어가며 이야기를 나눌 정도로 관심이 많아지고 있습니다.

그래서 동시도 시의 품격을 갖춰 써야 함은 두말할 필요가 없겠지요.

우리나라의 대표적인 시인들 중에서도 동시를 쓴 시인들이 많이 있습니다.

정지용 윤동주 박목월 오규원 김용택 등 여러 시인들도 동시를 통하여 독자들에게 큰 감동을 주기도 했습니다.

윤동주의 「산울림」이라는 시 입니다. '까치가 울어서/ 산울림/ 아무도 못들은/ 산울림// 까치가 들었다/ 산울림/ 저 혼자 들었다/ 산울림'

이 작품은 짧은 글 가운데에서도 적막한 산 중의 모습을 매우 잘 표현하고 있습니다. 시의 간결함과 상징성 그리고 압축미를 잘 갖춘 좋은 동시라고 생각합니다.

　우리나라의 대표 시인 박목월 선생은 『산새알 물새알』이라는 동시집에서 "동시를 왜 쓰느냐고 누군가 물으면 내 대답은 간단하다, 즐겁기 때문에."

　그렇다 동시를 쓰는 것만큼 즐거운 일은 없다. 왜 즐거우냐고?

　"빗방울 한 개에서 세상을 돌아다니며 시시덕거리는 장난꾸러기의 마음을 느낄 수 있고, 밤에 가만히 딸기밭을 뒤지는 바람의 손을 느낄 수 있고, 또한 얼굴이 갸름한 딸기의 표정을 읽을 수 있는, 이것이야말로 이 세상의 모든 것과 친구로 사귀는 일이기 때문이다."라고 말했습니다.

　동시를 통하여 즐거움을 느낄 수 있는 것은 그 마음속에 어린아이와 같은 순수함이 자리하고 있기 때문입니다.

　이번에 본 면에 소개된 글을 읽으면서 마음이 좀 무겁습니다. 왜냐면 지금까지 소개된 글들을 대부분 어느 정도 수준이 잘 갖추어진 글들이었는데 이번 작품은 예전 수준에 미치지 못하는 작품들이 많았습니다. 동시를 잘 쓰려면 우선 사물을 살펴 그 특징을 찾아내어야 합니다.

　그런데 이번 작품들은 소재의 특징을 구체적으로 살피지 못한 작품이 많았습니다. 그러나 그 중에서도 눈에 띄는 작품은 「통일」(정선 사북초6 박지나)이라는 작품입니다. 완성미는 다소 미숙하나 '통일은 달력처럼 계획되어 있지 않다'라는 표현을 할 수 있다는 것은 예리한 관찰력과 창작력에 대한 가능성이 많은 학생이라는 생각을 하게 됩니다.

　그리고 덧붙인다면 시의 전개에 있어서 설명에 집착하지 말고 압축과 비유에 대한 연습을 많이 하면 더욱 좋은 작품을 쓸 수 있으리라 생각합니다.

　그리고 「연필」(춘천 신남초3 성주형) 동시도 저학년 학생임에도 불구하고 예리한 관찰력과 가능성을 보여주는 작품이라고 생각합니다. 연필

깎기를 사용하면서 사물의 특징을 잘 묘사하고 있습니다.

바라건대 '연상성과 연결되면 어떨까' 하는 생각을 해봅니다. 연상성이라는 말은 어떤 사물을 보거나 생각할 때 그와 관련이 있는 다른 사물을 떠올리는 일인데, 너무 일반적인 비유는 긴장미를 약화시키기도 합니다. 끝으로 산문 부문에서 「말랑말랑 현장체험학습 즐겁게 만들기」(정선 사북3 정예린)는 제목을 참 잘 정했다고 생각합니다.

이만재 문학평론가는 "제목은 작품의 얼굴이다."라고 말하면서 그 중요성을 강조했습니다. 그러나 작품의 전개는 아직 미숙합니다.

문장 작법에 대한 연습을 더 많이 하길 기대합니다.

그러기 위해서는 꾸준히 독서를 통한 습작을 계속하면서 아름다운 문장을 써나가도록 노력하세요.

(강원도민일보 2009. 11. 27. 23면)

(강원도민일보 2009. 12. 11. 23면)

동시

파리채

이현솔 / 춘천 효제초 3년

내 옆엔 나를 감시하는 엄마와
엄마 손엔 파리채가 있다.

내가 공부하는데 파리가 방해할까봐
파리채를 들고 계신 걸까?

공부하다 잠시 한눈판 사이
엄마 손의 파리채가 내 등을 찰싹~

그 순간 난 파리가 되었다.

쌀쌀한 날씨라 파리도 없는데……
우리집 파리채는
이제 더 이상 파리채가 아니다.
현솔채이다.

동시

할아버지 제삿날

염정우 / 원주 태장초 6년

온 가족이 모여 웃음꽃 피운다
온 가족이 모여 눈물꽃 피운다

하늘나라에 계시는 할아버지도
"하하, 호호"
행복한 우리를 지켜보고 계시겠지.

하늘나라에 계시는 할아버지도
"아버지, 할아버지!"
눈물짓는 우리를 지켜보고 계시겠지.

언제나 우리를 격려해 주시고
언제나 우리를 사랑해 주시고
언제나 우리를 보살펴 주시던
우리 할아버지

언제나 한없이 자상하시고
언제나 내가 제일 좋아하던
우리 할아버지

'오릉' 보니 텔레토비 동산 생각나

정지슬 / 화천 용암초 5년

기다리고 기다리던 수학여행. 경주로 가는 길은 아주 멀고 지루했다. 자면서 깨면서 노래도 하면서 처음 도착한 곳은 포스코 공장이었다. 정말 신기하고 재미있었다. 철을 만드는 공장이 이렇게 거대한 줄은 몰랐었다.

포스코 역사 과학관에서 포스코가 발전해 온 역사에 대한 설명도 듣고 영상도 보았다. 내가 몰랐던 세계였다.

다시 버스를 타고 문무대왕의 무덤이 있는 바다에 갔다.

'대왕암'이라고도 한다. 왕의 무덤이 왜 바다에 있을까 이상했는데 도우미 선생님 말씀을 들으니 이해가 갔다.

문무대왕이 돌아가실 때 죽어서 바다를 지키는 용이 되겠다고 하여 화장하여 바다에 뿌린 것이라고 한다. 나라를 위하는 마음이 정말 멋있다고 생각했다.

다음으로 간 곳은 감은사지 3층 석탑이었다. 멀리서 보았을 때 작은 줄 알았는데 가까이 가서 보니 굉장히 크고 멋이 있었다. 감은사지 석탑은 문무대왕의 아들인 신문왕이 아버지의 혼을 기리기 위해 세운 탑이라고 한다. 옛날 사람들은 정말 대단하다는 생각이 든다.

둘째 날은 아침부터 서둘렀다. 천마총, 첨성대, 경주국립박물관, 안압지, 오릉 등 여러 곳을 다녔다.

첨성대는 신라 선덕여왕의 뒷모습을 닮았다고 한다. 곡선이 아름다웠다. 옛날 사람들이 그 속에 들어가서 별을 관찰하는 모습을 상상해 보았다. 나도 한번 올라가 봤으면 하는 생각이 들었다. 안압지는 연못이 아주 넓고 멋있었다. 오릉은 5개의 무덤이 거대하고 멋있었다. 텔레토비 동산이 생각나서 조금 웃겼다.

저녁을 먹은 후에 우리는 식당에 모여서 등 만들기를 했다.

우리가 만든 등을 들고 한 바퀴 산책을 한 후에 잔디밭에 둘러앉아 수건돌리기를 하였다. 신나게 놀았더니 피곤해졌다.

너무나 아쉬운 마지막 날이 되었다. 더 있고 싶은데 집에 가야 할 시간이 되었다.

석굴암과 불국사를 갔다. 석굴암은 올라가는 길이 조금 힘들었지만 감수로라는 물을 마셨더니 기운이 났다.

마지막 점심을 숙소에서 먹고 화천으로 돌아오는 버스를 탔다. 많은 것을 보고 배우며 즐거운 추억도 많이 만든 여행이었다. 다음에 또 가보고 싶다.

이렇게 써보세요

부모가 책을 가까이 하는 모습 보여야

한 해를 마감하는 12월 달력이 한 장만 외롭게 남아 쓸쓸히 작은 바람에도 흔들리고 있습니다.

도로에는 연말을 상징하는 구세군 자선냄비 종소리와 크리스마스 트리도 불을 밝히고 어려운 이웃을 돌아보자고 합니다. 이제 곧 겨울 방학이 시작되고 초등학교는 거의 40일 이상 긴 방학을 맞이합니다.

어린이들은 가정에서 부모님과 보내는 시간이 많아집니다.

그 시간에 우리 어린이들은 좋은 책도 많이 읽고, 유익한 경험을 토대로 글도 한번 지어 보세요.

깊어가는 겨울 밤하늘의 별처럼 빛나는 어린이의 마음을 띄워 보세요. 어른이 되면 모두 다시 되돌아오는 기쁨의 추억이랍니다.

어린이들의 글은 대부분 스스로 쓰기보다는 부모나 학교 선생님이 글을 쓰라고 해서 쓰는 경우가 많습니다.

교사나 부모님으로부터 칭찬을 받기 위해서도 쓰고, 혹은 상을 타기 위해 쓰기도 합니다.

그러나 이렇게 글을 쓴다면 좋은 글을 쓸 수가 없습니다.

어린이들이 글을 진정으로 쓰고 싶도록 하려면 무엇보다도 먼저 쓰고 싶은 마음이 일어나도록 동기를 유발해야 합니다. 그러기 위해서는 부모들이 먼저 책을 늘 가까이 하는 모습을 보여 주어야 합니다.

그리고 좋은 글을 찾아 "이 글을 흉내내지 말고 한번 써 보렴."하고 말해 주면 어린이들은 더 잘 쓰고 싶은 욕구가 생기게 되지요.

그리고 잘 쓴 글이나 좋은 표현을 칭찬과 격려를 몇 번만 해 주어도 이미 그 글은 절반은 성공한 것이나 다름없습니다.

그런데 여기에서 부모들이 좋은 글을 선택하는 것이 매우 중요합니다.

좋은 글은 다른 사람의 작품을 모방하여 그럴듯하게 쓴 것이 아니라 자신이 한 것을 그대로 솔직하게 써야 합니다.

오래전에 어느 백일장에서 심사를 하는데 어린이가 쓴 글 중에서 "어머니는 아궁이에/ 새벽을 태우고 있다 // 솥 안에/ 아침이 끓는 소리// (중략)" 이 글은 그럴듯하게 잘 쓴 것 처럼 보이지만 어린이의 시각으로 바라보는 것이 아니라 예측건대 어른이 옆에서 지도한 흔적이 보입니다.

이런 글은 자식을 돕는 것이 아니라 진실로 자식을 망치는 일임을 명심해야 합니다.

이번에 본보에 소개된 글 가운데 잘 쓴 동시가 있어서 너무 기뻤습니다.

「파리채」(효제초3 이현솔) 학생의 글은 어린아이의 심정을 잘 나타내는 좋은 동시입니다.

시험을 앞두고 공부하는 학생의 마음과 그것을 바라보는 어머니의 속성을 매우 잘 나타내고 있습니다.

저학년일지라도 자신의 속마음을 솔직하게 쓴 시는 읽는 이로 하여금 감동을 줄 수 있습니다.

그러므로 어린이시에서 가장 중요한 것은 진솔성입니다.

다른 작품을 살펴보면 「할아버지 제삿날」(원주 태장초6 염정우) 동시도 잘 쓴 시입니다.

잘 정리되어 있고 제삿날 가정의 분위기를 잘 표현하고 있습니다.

그런데 조언한다면 특별한 것이 있어야 합니다.

우리집만의 제삿날의 표정이 나타나야 하는데 모든 가정이 다 이런 분위기가 공통점이라면 더 좋은 작품이 되기 어렵습니다.

그리고 「경주 수학여행을 다녀와서」(화천 용암초5 정지슬)라는 기행문을 살펴보면 여러 명승고적을 재미있고 유익하게 잘 다녀왔음을 알 수 있습니다.

많은 학생들의 수학여행 글도 대부분 이런 형식으로 쓰여집니다.

그러나 한 가지 더 조언한다면 일반적인 여행 일정을 쓰는 것이 아니라 한 가지라도 자기만의 느낌과 관찰을 섬세하게 써야 합니다.

그래서 여행가기 전에 미리 그 지역에 있는 고적에 대한 공부를 해야 합니다.

"아는 것만큼 보인다"라는 말의 뜻을 인식해야지요.

많이 아는 것보다 깊이 아는 것이 중요합니다.

그래야 그 학생만의 훌륭한 기행문이 완성되는 것이지요.

이제 2009년도 역사 속으로 사라집니다. 다음 세대의 주인공으로 성장할 어린이들의 창작력을 통하여 우리나라 문학의 큰 발전을 소망합니다.

(강원도민일보 2009. 12. 11. 23면)

(강원도민일보 2009. 12. 25. 23면)
일기

사랑의 언약식

지수빈 / 철원 동송초 6학년

2009년 9월 5일(토)

이맘때면 우리 학교는 사랑의 언약식을 하는데 사랑의 언약식은 봉숭아 물들이기이다. 선생님께서는 봉숭아와 백반, 위생장갑, 실을 가져오라고 하셨지만 나는 이미 예쁘게 봉숭아물을 들였기 때문에 가져가지 않았다.

아침 방송 조회에서 교장선생님께서는 봉숭아에 관한 이야기를 해 주셨다.

사랑의 언약식은 2교시.

1교시에 재미있게 체육을 하고 나니 드디어 2교시다. 나는 우리 모둠이 가져온 봉숭아를 나무막대기로 찧은 다음 친구들에게 봉숭아물을 들여 주었다.

다른 아이들은 실로 묶지만 실로 묶으면 까다롭고 시간도 오래 걸리기 때문에 나는 테이프로 붙여 주었다. 아현이, 소민이, 지연이 그리고 선생님까지.

이렇게 친구들을 해주고 나니까 내 손에도 붉게 물이 들었다. 하지만 고맙다는 이야기를 들으니 마음이 뿌듯해졌다. 나는 매년 봉숭아꽃이 보일 때면 꼭 봉숭아물을 들이기 때문에 웬만큼은 할 줄 안다.

그리고 우리 가족이 하는 또 다른 방법이 있다.

첫 번째, 봉숭아물을 들이기 전에 손톱을 칼로 살짝 긁어내기, 손톱을 칼로 살짝 긁어내면 손톱이 조금 연해져서 물이 좀 더 잘 드는 것 같다.

　두 번째, 비닐대신 큰 나뭇잎으로 손톱을 싸기, 비닐 대신 나뭇잎으로 손톱을 싸면 비닐도 아낄 수 있고 버릴 때에도 손쉽다.

　어쨌든 학교에서 아이들과 서로서로 봉숭아물을 들여 주면서 친밀감을 더 쌓을 수 있어서 좋았다.

　서로서로 도와주는 마음.

　이것으로 오늘의 사랑의 언약식은 대성공인 셈이다.

어 쩌 지

박준희 / 철원 동송초 3학년

우산을 잃어 버려서
어머니께 혼나면 어쩌지
학교에 두고 왔다고
살짝 거짓말 하면 되지

학교 숙제 안 해서
선생님께 혼날 땐 어쩌지
아픈 척 하고 슬쩍
엄살을 부리면 되지

그런데
어머니와 선생님께서
내 일기장을 보시면
어쩌지. 어쩌지.

동시

사 탕

나서연 / 원주 서원주초 4학년

수업시간에
사탕을 입에 물고
볼에서 이리저리 굴린다.

선생님이
째려보시더니
가까이 와서 볼을 탁 친다.

나는 잽싸게
사탕을 가운데 두고
선생님은 양쪽을 만지고 가신다.

이렇게 써보세요

문학의 즐거움은 구상 단계부터

메리 크리스마스.

참 재미있는 일이 있었습니다.

지난 11일자 본 시니어 섹션 동시 면에 춘천에 있는 초등학생이 쓴 동시 「파리채」라는 글이 실린 적이 있었지요.

그런데 서울에 있는 한 아이스크림 회사에서 그 글을 보고 학교로 전화를 걸어 연락처를 알아낸 모양이었습니다.

그리고 자기 회사의 홍보 광고에 카피로 쓸 수 있느냐고 춘천으로 전화 연락을 한 것이었어요.

갑자기 당한 일이라 학생 어머니는, "선생님 어떻게 해야 하지요?", "얼마를 받으면 되나요?" 라고 내게 전화로 묻는 것이었습니다.

나도 이런 경우는 매우 드문 일이라 금방 대답하기 어려운 상황이었지요.

"아빠랑 의논해서 알아서 하세요. 제가 거기까지는 뭘…." 하고 수화기를 내려놓았습니다.

그리고는 내심 속마음으로 "많이 달라고 할 걸…." 이런 맘이 들었다가, 이내 "아이쿠, 나도 세상 속물이 다 되었구나…."하고 마음을 내려놓은 일이 있었습니다.

물론 그 다음 일은 나는 아무것도 모릅니다.

문학의 즐거움은 구상 단계에서부터 시작됩니다.

어떤 사물이나 경험을 토대로 글감이 마련되었으면 쓰기 전에 그 글감에 대하여 잘 살펴보아야 합니다.

그리고 무엇을 어떻게 쓸 것인가 순서를 정리해야 합니다.

이렇게 정리를 하는 동안 글의 주제와 더욱 면밀해 지고, 확실하게 보이기 시작하지요.

글을 쓰기 전의 구상은 글 전체의 방향을 바꿀 수 있는 만큼 매우 중요합니다.

본 대로 들은 대로 쓴다 하더라도 충분한 구상 단계를 거친다면 글은 더욱 쉽게 잘 정리 할 수 있습니다.

어린이들의 작품을 대하다 보면 구상 작업 없이 바로 쓴 글을 많이 볼 수 있습니다.

아동문학가 이오덕 선생님은 구상 단계를 '이야기 시킴'이라는 말로 표현한 적이 있습니다.

주로 저학년 아이들의 지도 방법이긴 하지만 쓰려고 하는 내용에 대하여 서로 이야기하거나 몇 사람에게 발표를 하게 하면, 그 동안에 새로운 쓸거리를 찾고 쓸 내용을 더욱 구체적으로 생각 할 수 있다는 내용이지요.

여러분들도 부모님이나 선생님 혹은 친구들과 서로 이야기 나눔을 통해 좋은 구상을 해 보세요.

이번 작품은 산문과 동시가 실렸는데 산문「사랑의 언약식」(철원 동송초6 지수빈)은 글 전개가 자연스럽고, 주제도 분명한 작품입니다.

소재도 훌륭하고 군더더기 없이 잘 쓴 작품입니다.

그런데 한 가지 지적한다면 고학년 이라면 주제의 느낌에 대하여 좀 더 구체적으로 묘사해야 할 필요가 있습니다.

시가 아니기 때문에 자기만의 세계를 설명하고 화자의 동의를 생각해 내야 합니다. 그러기 위해서는 쓴 글을 여러 번 읽고 교정하는 과정을 많이 거쳐야지요.

그리고 동시 「어쩌지?」(철원 동송초3 박준희) 글은 읽는 이로 하여금 어린이의 마음 세계를 잘 알 수 있게 쓴 좋은 동시입니다.

매우 간결하지만 그러나 글쓴이의 심정이 충분히 들어 있고, 어른이나 아이 모두에게 공감되는 작품입니다.

이런 과정은 충분한 구상의 단계를 거쳐야만 가능한, 마치 한 붓 그리기로 그 작품의 특징을 그리는 화가처럼 문학가의 자질을 갖춘 작품이라는 생각을 합니다.

동시 「사탕」(서원주초4 나서연) 작품도 잘 쓴 글입니다.

수업 시간에 아이들과 선생님과의 교감을 재미있게 표현한 이 어린이가 보고 싶을 정도입니다.

선생님은 다 알면서도 그냥 슥 지나가시는 그 심정까지도 알 수 있지요. 아이는 어쩌면 선생님을 속였다고 생각하고 좋아 할 수 있었겠지만 선생님은 이미 그 속까지 다 꿰뚫고 계실 거란 생각까지 동시에 하게 됩니다.

좋은 작품은 읽는 이로 하여금 다양한 시각으로 바라볼 수 있는 작품이라는 사실을 명심하세요.

이제 기축년이 다 지나가고 경인년이 다가옵니다.

어린이들도 건강하며 좋은 글 많이 쓰길 바랍니다. 그리고 새해 복 많이 받으세요.

(강원도민일보 2009. 12. 25. 23면)

(강원도민일보 2010. 01. 08. 23면)

동시

선 물

박지희 / 동해 망상초 5학년

선물은 시험지
받으면 두근두근하다.

선물은 성적표
맘에 들면
기뻐하고
맘에 안들면
화를 낸다.

동시

바 늘

이조은 / 춘천 성원초 5학년

어머니는 내 소중한 바늘이다.
내가 힘들 때
눈물을 감침질해 주시고
내가 어머니께
모든 걸 기대려고 할 때
나를 정신 차리게 찔러 주시는
나에게 꼭 필요한
바늘같은 어머니

동시

모래 위의 도화지

최윤희 / 철원 동송초 5학년

파도가 철썩이는
모래밭

손가락으로 조그마한
내 동생 얼굴 그려봅니다.

입가 옆에 있는
작은 보조개

잘못 그렸다고 일러주는지
숨 가쁘게 달려와
사르르 지워버립니다

예쁘게 더 예쁘게
그린 내 동생

다시 그려 보라고
백사장 모래 위에
새 도화지 자꾸만 깔아줍니다.

이렇게 써보세요

새해엔 '사랑의 가족문집' 만들어 보세요
- 어린이 시절 작품 보석보다 귀한 보물 -

동해에 붉은 태양이 떠오르며 2010년을 맞이한 지 벌써 일주일이나 지 났습니다.

새해를 맞이하면서 사람들은 개인적으로 새로운 희망에 대한 다짐을 하기도 하고, 태백산 정상에서 떠오르는 태양을 바라보며 큰 소리로 외 치기도 합니다.

혹시 어린이 여러분은 새해 어떤 소망을 마음속에 새겼는지 다시금 생 각해 보세요. 혹시 잊어버리지는 않았는지요.

요즘 고등학교에서는 대학입시에서 새롭게 시행되는 '입학사정관제'에 대한 문의가 참 많이 있습니다.

며칠 전에 한 학부모님이 대학노트 분량의 두툼한 문집 두 권을 가지 고 연구실을 방문 했었습니다.

그리고는 '우리 아이가 초등학교 때부터 중학과정까지 스스로 쓴 글을 묶은 문집'이라고 말 하면서, 아이가 고등학교에 들어오면서 중학교 때까 지 쓰던 책들을 모두 버릴 때에 같이 버리려고 내 놓았던 것을 아이 몰래 가지고 있던 것이라면서 내게 보이는 것이었어요.

그 문집에는 아들이 초등학교에 입학하여 처음으로 쓴 「우리 엄마」로 부터 시작하여 「내 친구」, 「선생님」, 「가을 소풍」, 「운동회」 등 학교생활을 하면서 쓴 글들이 빼곡히 자리하고 있었습니다.

그리고 중간 중간에 학교 신문에 발표한 글이나, 어린이 잡지 그리고 강원도민일보 및 기타 어린이 신문에 실렸던 글 등을 스크랩되어 있었고, 백일장 등 각종 교내외에서 받은 상장 등도 비닐에 넣어서 묶여 있었습니다.

그러면서 내게 묻는 질문이 '우리 아이가 인문대학 국문과에 진학하려고 하는데 이 자료가 혹시 입학사정관제에 도움이 되지 않을까 하여 물어보고 싶었다'는 것이었어요.

나는 대학 입시에서 관련학과에 진학하는데 아주 귀중한 자료라면서 잘 보관하라고 일러 주었고, 혹여 대학 입시에 도움을 주지 않더라도 매우 귀중한 보석보다 귀한 보물이라고 말했습니다.

완전히 소년시절의 서정을 그대로 표현한 자신의 박물관 같은 포트폴리오였습니다.

대학입학을 위해 만든 것은 아니었지만 '자신의 재능과 소질이 잘 정리된 현행 입학사정관제의 의도에 딱 맞아 떨어진다'라는 생각이 들었습니다.

이번에 본지에 발표된 동시 「선물」(동해 망상초5 박지희)의 작품과 「바늘」(춘천 성원초 5 이조은) 학생의 글이 비교적 잘 쓴 글이었습니다.

그 이유는 새로운 표현에 대한 가능성이 엿보였기 때문입니다.

선물을 시험지에 빗대어 비유하는 그 상상력이 돋보였으며, 어머니를 바늘에 비유하지만 따가운 찔림만을 의미하는 것이 아니라 어머니의 심정을 잘 표현하고 있는 시법이 눈에 띄었습니다.

그리고 동시 「모래 위의 도화지」(철원 동송초 5 최윤희) 작품은 매우 잘 정리된 글임에는 틀림이 없습니다만, 어디서 본 듯한 표현과 작법이 좀 거슬립니다.

차라리 좀더 서툰 것이 더 어린이답다라고 할 만큼 기교는 뛰어났습니다.

산문으로 발표된 글을 읽으면서 지난 호에 쓴 글에서 밝혔듯이 구상의 단계를 좀더 거쳐 생각하고 고민하며 성의 있게 쓰려고 노력해야 합니다. 다시 말하지만 쓴 글을 몇 번이고 다시 읽어보며 교정의 시간을 많이 갖기를 바랍니다.

새해를 맞이하면서 가족문집을 한번 만들어 보세요. 그림일기도 그려 넣고 아버지의 글도 넣어서 세상에서 단 한 권뿐인 사랑의 가족문집을 만들어 보세요.

이 작은 문집이 훗날 사랑의 샘물로 온 세상을 환하게 밝힐 마중물이 되리라 확신합니다. 새해 복 많이 받으세요.

(강원도민일보 2010. 01. 08. 23면)

(강원도민일보 2010. 01. 22. 23면)
동시

비밀의 방

임명현 / 원주 둔둔초 3학년

유리 교실은 비밀의 방인가 봐
친구들의 이야기가 모락모락 피어올라
선생님 귀에
쏙쏙 가 닿으면
선생님은 우리에게
빙그레 웃음을 주니까

우리 교실은 비밀의 방인가 봐
선생님이 야단치는 것도 잠시
나의 웃음, 너의 웃음
부풀어 올라
우리 모두가
웃음 지으며 재미있어 하니까.

다른 사람들은 아마
우리 교실을 모르겠지?
얼마나 행복한 교실인지
하루 종일 어떤 일이 펼쳐지는지

하지만 우리 친구들은
느끼고 있을 걸?
우리 교실보다
행복한 교실은 없을 거라는 걸…

동시

빈 깡통

이혜린 / 춘천초 4학년

길거리에 버려진 빈 깡통.

앞집 사는 순이 쓰레기를 넣었네
쓰레기통이 된 빈 깡통.

뒷집 사는 철수 꽃을 넣었네
화분이 된 깡통.

옆집 사는 할머니 연필을 넣었네
필통이 된 빈 깡통.

다음에는 무엇이 될까?

경로사상이 사라져가는 지금

김희윤 / 춘천 성원초 4학년

한 달 전 외할머니께서 암에 걸리셨다는 전화 한 통을 받았다. 엄마는 그 전화를 끊자마자 하늘이 무너지는 것처럼 우시고 힘없이 누워계시는 외할머니를 찾아가 정성껏 간호하셨다.

사실 할머니께서 아프시기 전에는 우리 엄마가 그렇게 외할머니에게 관심이 많고, 사랑이 깊었나 하는 생각도 들었다. 큰외숙모와 작은외숙모께서는 선물도 많이 사가시고 귀한 음식도 많이 구해서 드렸지만 우리 엄마는 그냥 필요한 것만 사다드리곤 했었기 때문이다. 그러나 지금 보니 엄마는 외할머니를 사랑하는 마음을 가슴 깊숙이 숨기고 계셨던 것이었다. 그 누구보다도 오랜 시간 동안 온 정성을 다하여 간호하시는 진심 어린 모습을 보게 된 이후로 엄마에 대한 생각도 달라졌다.

'효'는 옷이나 음식을 잘 대접하는 것도 중요하지만, 더 중요한 것은 마음으로 다하는 것이라는 걸 엄마를 통해 알게 되었다. 요즘 어떤 사람들 중에는 늙고 병들고 냄새나고 세대차이가 난다는 이유로 자신의 부모님을 구박하고 심지어 버리는 경우가 있다는 것을 우리는 종종 듣게 된다. 그분들이 우리를 낳으시고 희생하시며 우리를 돌보셨는데 귀찮다고 내버리는 것은 정말 도리에 어긋난 일이다.

그 분들의 사랑이 없었다면 지금의 우리는 존재하지 않는 것이다. 다들 지금밖에 생각하지 못하는 어리석음을 보면 마음이 답답하다. 꼭 큰 일이 생겨야 그제서야 후회하며 뉘우치는 모습은 정말 바보 같다. 그 때의 눈물은 필요 없는 것이다.

옛 어른들은 '경로사상'을 중요시 하셨다. 만약 옛 어른들이 살아나 지금의 우리들 모습을 보신다면 얼마나 놀랍고 슬프고 한탄스러워 하실까? 생각만 해도 부끄럽다.

물론 지금은 산업이 발달하고 핵가족이 되면서 함께 모여 사는 일도 줄어들고, 잘 알지 못하는 친척들도 많아졌으며, 친척 간에 왕래도 거의 없어지게 되었다. 잘 보지 못하니 당연히 멀어질 수밖에 없고, 또 서로 마음을 전하거나 나누는 일에 서툰 것은 당연하다.

하지만 아름다운 것은 지켜 나가야 하지 않을까?

어른을 공경하는 아름다운 '효'사상은 계속 지켜 나갔으면 좋겠다.

나도 계획표에 몇 가지 일들을 써 넣었다. 할머니, 할아버지에게 가끔씩이라도 따뜻한 안부 전화를 드리는 것, 자주 찾아뵙고 이야기 벗이 되어 드리는 것. 그래서 마음을 기쁘게 해드리는 것. 이런 나의 계획들로 행복한 웃음을 지으실 것을 생각하니 내 마음이 더 기쁘다.

실천하는 '효'가 진짜 '효'이다. 난 눈을 더 밖으로 돌려 우리 주변의 독거노인이나 몸이 불편한 할머니, 할아버지에게도 따뜻한 관심을 가져야겠다는 생각도 가져본다.

연필을 놓으면 당장 전화기 앞으로 달려가야겠다.

이렇게 써보세요

친구와 대화하듯 사물을 관찰하세요

- 지역축제 체험활동 동시·산문으로 표현 -

겨울 방학이 벌써 절반쯤 지나가고 있습니다. 그동안 어린이들은 가족들과 함께 여러 가지 체험 활동도 하면서 겨울방학을 알차게 보내고 있으리라 생각합니다. 요즘 산천어 축제가 한창인데 이런 우리 지역 축제의 현장을 찾아가서 가족과 함께 하는 것도 어린 날의 좋은 추억이 될 것입니다. 그리고 기념사진을 찍듯 느낌을 글로 남겨 보세요. 일기를 쓰듯 동시도 쓰고 산문으로 나타내 보세요. 이런 삶을 중심으로 나름대로 쓴 작품이야말로 진실로 살아 있는 숨 쉬는 글입니다.

동시란 경험을 통해 쓰여집니다. 그래서 '동시는 체험이다'라고 말하기도 합니다. 체험을 통한 감동과 상상은 동시의 기본 요건입니다.

동시라고 해서 반드시 어린이만 쓰는 것이 아니라 어른들도 유년의 동심을 떠올리며 쓰기도 합니다.

좋은 동시를 쓰기 위해서는 느낌, 감정을 절제된 언어로 표현'하는 방법을 익혀야 합니다. 그리고 '적절한 비유와 상징을 통하여 음악적 리듬을 갖도록' 나타내야 합니다.

그리고 사물을 관찰하면서 발견되는 무생물이나 생물을 마치 친구하고 말하듯 대화를 유도해야 합니다.

한참 말 걸기를 하다보면 어느새 사물이 자신에게 던지는 말을 들을 수 있습니다. 처음에는 잘 안들리지만 마음을 열고 들어보면 마음속에 뭔가 느낌이 다가올 것입니다.

좋은 작품은 이렇게 끝없이 관찰과 연습을 통해야만 비로소 보이기 시작하는 것입니다.

이번 작품을 살펴보면, 동시 「비밀의 방」(원주 둔둔초3 임명현)은 학교생활에서 일어나는 교실의 즐거움을 잘 표현하고 있습니다. 누구나 다 같은 경험이지만 그 속에서 일어나는 현상을 새롭게 발견하는 시상은 모두 다르지요. 그 느낌을 잘 정리하여 새롭게 표현하는 것이야말로 문학의 즐거움입니다.

'친구들의 이야기가 모락모락 피어올라/ 선생님 귀에/ 쏙쏙 가 닿으면' 이런 표현은 동시에서만 느낄 수 있는 매력이지요.

그리고 동시 「빈 깡통」(춘천초 4 이혜린) 작품은 생활 가운데서 버려지는 빈 깡통을 보면서 시심이 생긴 작품인데 상상력이 매우 뛰어납니다. 그냥 버려지는 사물도 어린 작가의 상상력을 통하여 생명을 불어 넣음으로써 세상에 다시 태어났습니다. 문학의 끝없는 무한성을 느낄 수 있습니다. 한 가지 조언을 한다면 반복하는 것은 문학의 기법 중에 한가지이지만 잘못 쓰면 지루하여 긴장미를 떨어트릴 수 있습니다. 그러므로 늘 팽팽한 긴장미를 유지하도록 신경을 써야 합니다.

산문 부분을 살펴보면 「경로사상이 사라져가는 지금」(춘천 성원초4 김희윤) 작품은 어린아이의 작품임에도 어른들을 숙연케 하는 감동이 우러나는 글입니다. 작품 전체에서 보여주는 솔직함과 가정의 건강함이 잘 배어나는 글에서 부모님이 먼저 실천하는 효의 모범을 보게 합니다. 주제가 분명하고 군더더기가 별로 없는 글을 통하여 문학적 재능이 돋보입니다.

　벌써 1월의 끝자락이 보이고 겨울도 고드름 녹듯 사라지겠지요. 어린 날 겨울밤을 새우며 감동 깊게 읽은 책 한 권이 인생의 방향을 바꾸듯, 좋은 글 많이 읽으시고 큰 꿈을 키우세요. 어린이는 봄의 전령입니다.

(강원도민일보 2010. 01. 22. 23면)

(강원도민일보 2010. 02. 05. 23면)

동시

나 비

박성현 / 원주 단계초 1학년

훨훨 날아가는
나비
비행기 같아요

예쁜 꽃에 꿀을 좋아하는
나비
꿀벌 같아요

날개에 하얀 밀가루가 있는
나비
예쁜 리본 같아요.

51

동시

시 험

조미정 / 원주 만종초 5학년

시험은 피할 수 없는 고통!
잘 보면 그 고통이 없지만
못 보면 그 고통이 심하다
마음의 고통…

시험은 스트레스 제조기!
잘 보면 스트레스가 풀리지만
못 보면 스트레스가 쌓인다
스트레스라…

시험은 아이들의 악몽이다
시험은 아이들의 고비이다

동시

지친다 지쳐

안현서 / 춘천초 3학년

누에를 기다리다
지친다, 지쳐.
배달이 오지 않네.

누에고치를 기다리다
지친다, 지쳐
번데기가 되지 않네.

누에 실을 풀다가
지친다, 지쳐.
두 시간을 풀어도 끝이 없네.

누에나방 기다리다
지친다, 지쳐.
언제나 나올까?

누에 키우기 정말
지친다, 지쳐
그래도 우리 반 귀염둥이 누에.

바다는 중요해

정준엽 / 강릉 율곡초 6학년

바다. 그곳은 맑고 깨끗함의 상징으로 우리들의 가슴에 새겨져 있다. 또한 바다는 어류들의 삶의 터전이다. 그리고 옛날부터 무역의 길이었고, 지금도 또한 중요한 교통수단, 무역수단의 장소다. 또 많은 자원의 창고다. 바닷물로 전기도 일으키고, 소금도 만들고, 놀이터도 된다.

이런 특별한 친구, 바다가 지금은 눈을 찡그리기 시작했다. 즉, 오염이 되어 심한 몸살을 앓고 있다는 것이다. 오염이 되는 원인은 우리 사람들이다.

배에서 기름이 유출되고, 공장에서 나오는 폐수가 바다를 점점 왕따로 만들고 있기 때문이다. 이런 생각을 하니 너무 끔찍하다고 느껴질 뿐이다. 거기다 사람의 친구 바다를 사람이 해치는 것은 말이 안 된다. 바다가 얼마나 중요한데…. 바다는 수많은 종류로 우리를 도와주고 있다. 우리가 매일 꼭 먹어야 하는 소금, 단백질 공급원인 생선을 주기 때문이다.

또 물길로도 사용한다. 과거에는 마을을 바다에 가는 길, 강을 중심으로 세웠다.

그만큼 바다가 사람들의 생활이 중요하다는 근거다. 그리고 미래에는 바다를 이용하며 식량자원을 확보하는 등 중요해질 것이다.

또 미래에는 물이 부족하여질 수도 있다. 이로 인하여 전쟁까지 일어날 수 있다.

이런 일이 생기지 않게 하려면 지금부터 바다를 살리려고 노력해야
한다.

바다를 살리기 위한 기본 마음가짐은 '나 쯤이야'하는 생각을 버려야
하고, '나 먼저'라고 생각하는 자세가 필요하다. 그 다음은 용기를 길러
환경을 보호하자는 홍보를 하거나 자신이 하는 행동이 바다에 피해를 주
는 것인지 생각하고 행동한다.

만약 폐수를 바다에 버리는 공장 사람들이 있다면 신고하는 자세도 필
요하다. 바다는 개인의 것이 아니고 우리 모두의 것이기 때문이다.

이렇게 써보세요

자신의 기분 그대로 표현말고 형상화하자
- 산문, 자료·근거 제시로 주제 분명히 해야 -

"완아컴, 밧다드 롬바 샨도셤.(인도 타밀어: 만나서 반갑습니다)"

여기는 남인도의 중심 도시 첸나이입니다. 지금 한국은 영하의 날씨를 보이는 겨울이지만 여기는 낮 기온이 35도를 넘나드는 더운 날씨입니다. 그렇지만 여기도 절기상으로 겨울이라 아침 저녁으로는 15도 정도의 선선한 날씨입니다. 인도 사람들은 춥다고 귀마개를 하고 다닙니다. 또 '거리의 성자'들이 영상 10도에서 동사했다는 소식도 들립니다.

필자는 지난주에 타밀라드 주에 속한 고산도시 우띠 캠퍼스와 쿠얌바트 캠퍼스에서 강의를 하고 9시간 동안 밤 기차로 이동해 첸나이에 와 있습니다. 첸나이는 인구 천만이 넘는 대도시이기도 하고, 현대자동차 공장이 있어서인지 '산트로', '아이 텐', '소나타' 등 현대 차들이 즐비합니다. 거리에는 오토바이, 오토 릭샤, 자동차, 소 등으로 정신을 차릴 수 없습니다. 경적은 10년 전보다는 훨씬 줄어들었지만 지금도 여전합니다.

필자는 주일에는 첸나이 참빛교회에서 예배를 드리고 오후에는 다시 캐랄라 주의 캠퍼스로 떠납니다. 무려 열두 시간의 기차여행을 해야 합니다. 그리고 다시 다음 주는 하이드라바드로 떠나야 합니다. 방학 때마다 인도에서 강의하면서 체력의 한계를 절감하기도 하지만 인도를 사랑하는 마음으로 벌써 7년째 인도를 오가고 있습니다.

특별히 오늘 밤은 너무 행복합니다. 고국에서 보내온 초등학생들의 글을 읽을 수 있다는 것이 얼마나 감격스러운지 아무도 느낄 수 없을 것입니다. 인도에서는 많은 어린이들이 학교를 다니지 않습니다. 거리에서 구걸(박시시)을 하기도 하고, 이유없이 부랑아처럼 쏘다닙니다. 오늘도 수없이 그런 아이들을 거리에서 보았습니다. 마음속으로 '우리나라 아이들이 저렇다면?'하고 생각했다가 이내 지워 버립니다. 필자가 어릴 적 60년대 초에는 아마 서양인들의 눈에 비친 내 모습 또한 같았을 테니까요.

글을 읽으면서 금방 눈물이 납니다. 이렇게 정감 넘치고 아름다운 글을 읽을 수 있음이 너무 행복합니다. 오늘은 오랫동안 못 먹었던 한국 음식을 대하듯 어떤 글이든 모두 맛있어 보입니다.

작품을 살펴보면 「나비」(원주 단계초1 박성현)는 1학년 학생이 쓴 글이지만 너무 재미있습니다. 어린이의 시선으로 한번 생각해 보세요. 훨훨 날아가는 나비가 어린이의 눈에는 비행기, 꿀벌로 보이다가 밀가루가 묻어 있는 리본으로 착상되는 3연 결말부분은 작가로서 충분한 가능성이 돋보인 동시입니다.

아이의 맑은 눈망울 속에 비친 흰 나비의 날아가는 모습은 상상하는 것만으로도 문학의 즐거움을 느끼게 합니다. 부모님이 옆에서 한 마디만 관심 있게 도와주면 아이의 생각은 콩나물보다 더 빠르게 자란답니다.

또 동시 「시험」(원주 만종초5 조미정)과 「지친다, 지쳐」(춘천초3 안현서)는 글 쓴 어린이의 심정을 충분히 이해할 수 있는 글입니다. 그러나 조언을 하면 문학은 자기 기분을 직접 화풀이하는 대상이 아니고 문학적으로 표현하고 창작해야 합니다. 다시 말하면 형상화의 작업을 거쳐야 합니다. 은유법이나 직유법 의인법 반복법 등 여러 가지 방법을 이용해 자신의 감정을 표현해야 되는데, 이 두 작품은 그런 부분에서는 더 많은 습작 과정을 거쳐야 합니다. 더욱 노력하기를 당부합니다.

산문 부분에서는 「바다는 중요해」(강릉 율곡초6 정준엽)작품이 구성력이 돋보였습니다.

산문은 주제가 분명해야 하고, 이론적 근거와 대상이 확실해야 하는데 그런 부분에서 충분한 가능성을 보여 주었습니다. 그러나 좀더 독자의 마음을 사로잡으려면 구체적인 자료 및 근거를 제시하여 감동적으로 접근해야 되는데 그런 부분에서는 아직 많은 습작 과정이 필요하다는 생각을 하게 됩니다. 계속 많은 노력을 당부합니다.

이제 잠시 후에 인터넷이 안되는 오지로 가야 하기 때문에 이만 씁니다. 다음 글을 과연 잘 받을 수 있을지 걱정이 되기도 합니다만, 우리 어린이들의 미래에는 지구촌이 한 가족처럼 전쟁 없는 평화로운 세상이 되길 꿈꿔 봅니다.

(강원도민일보 2010. 02. 05. 23면)

(강원도민일보 2010. 02. 26. 23면)

동시

눈 오는 밤

조송이 / 화천 산양초 4학년

사락사락 눈 내리는 소리.
수북이 쌓인 하얀 눈과
이야기하고 있는데
"문 닫아라, 감기 걸린다."

잔소리 속에 숨은
우리 엄마 마음.

창가의 눈처럼
내마음에 쌓인다.

'엄마 사랑해요.'

엄마에게 꼬옥 안기고픈
눈오는 밤
엄마 손 꼬옥 잡고
잠이 든다.

동시

눈 오는 날

최시명 / 강릉 율곡초 3학년

펑펑펑
눈이 쏟아지고 있어요

눈 눈 하얀 눈이
산과 도로에
차곡차곡 쌓여요
나뭇가지에도
하얀 아이스크림처럼
쌓여요

우리 가족은
펑펑 눈이 오면
화내는 것도 쓰윽하고 까먹지요.

동시

놀이공원

홍가영 / 강릉초 3학년

처음으로 바이킹을 탔다
무서워서 고개도 못 들었다

다람쥐라는 놀이기구는
키가 커야 한다

내 친구 호경이는 다람쥐를 탔다
나도 호경이처럼 키가 좀 컸으면

롤러코스터는 까치발을 하여
탈 수 있었다
다른 친구들은 무섭다고
소리를 질렀지만
나는 나는 좋아서
웃었다

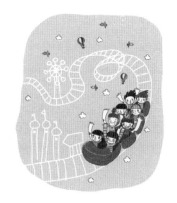

놀이공원에 오면 생일날처럼 신난다

이렇게 써보세요

글 쓸 때 가장 두려운 적은 '적당함'

- 독창성 필요… 자신의 느낌 표현할 줄 알아야 -

　지금은 인도의 캐랄라 주 하이데바라드에서의 마지막 밤입니다.

　이틀 후 한국으로 돌아가기 전에 오늘 이곳의 유명한 성의 하나인 골콘타 성을 관광했습니다.

　1143년에 세워지기 시작하여 힌두 왕조인 비자야나가르 왕조와 끝없는 전쟁을 벌였기에 강력한 전투 요새로 만들고자 1512년 꿀리꿉드샤 1세가 위용을 갖추었는데, 전성기 때엔 골콘다 성은 87개에 달하는 망루와 7㎞에 이르는 성벽으로 인도를 대표할 만한 요새였다고 합니다. 1687년 데칸 정벌에 나선 아우랑제브가 가장 곤욕을 치른 곳이 골콘다 성이라는 말이 실감이 날 정도로 성은 크고 위대했습니다.

　17세기에 무굴제국의 최강의 공격을 8개월이나 막아내는데 이 성의 구조는 매우 특이한 모양을 가지고 있었습니다. 성의 입구에서 작은 소리를 내어도 산꼭대기에 있는 왕이 그 소리를 모두 들을 수 있도록 모든 군사들은 철저하게 통제되고 성은 튼튼하게 지어졌습니다.

　그러나 성은 함락되고 말았습니다. 성은 외부의 공격으로 함락된 것이 아니라 적의 장수인 아우랑제브에게 매수된 병사에 의하여 성문이 열리고, 결국 성은 정복되고 말았다는 이야기입니다.

필자가 사진을 찍으면, 옆에 있는 인도인들은 아무런 부담 없이 옆에 와서 사진을 찍고 그냥 가버립니다. 처음에는 어색했지만 이것이 인도의 문화입니다. 사진 찍기를 좋아하는 인도사람들을 쉽게 발견할 수 있지요.

한때의 아이들이 몰려옵니다. 그리고 종이에다가 계속 메모를 합니다. 왜 적느냐고 물어 보자 아이들은 글짓기를 하는 중이라고 합니다. 필자가 어느 작가를 제일 좋아하냐고 물어 봅니다. 인도의 습성처럼 금방 아이들이 몰려듭니다. 그리고 무엇이라고 하는데 알아듣기가 힘듭니다. 아이들은 인도의 시성 '타고르'를 이야기 하다가 노벨문학상을 받았다고 자랑을 합니다. 그리고 또 가난한 주 비하르 출신의 시인 '까르비'를 이야기 합니다.

인도 아이들의 눈은 참 크고 아름답습니다. 우리나라 어린이의 눈보다 두세 배는 됨직도 합니다. 그리고는 또 깔깔거리며 뛰어갑니다. 절반 정도의 아이들은 맨발입니다. 거의 낡은 샌들을 신고 있고 운동화를 신은 아이는 거의 없습니다. 기후 때문이기도 하지만 마음이 저려 옵니다. 그러나 천진한 아이들의 눈망울은 기억에 오래 남습니다.

밤에 호텔로 돌아와 인터넷을 켭니다. 참으로 긴 인내력을 필요로 합니다. 나는 별로 놀라지 않습니다. 아마 우리나라 20년 쯤 전의 속도쯤으로 생각하면 될 듯합니다.

우리나라 어린이의 글을 읽습니다. 인도 시장에서 요즘 한창 나오는 설익은 석류 빛 시어들이 쏟아집니다. 마음이 두근거립니다. 나는 이 동시를 읽으면서 밤새 어린아이의 심정으로 돌아가 사뭇 가슴앓이를 할 테니까요.

동시를 살펴보면 「눈 오는 밤」(화천 산양초4 조송이)은 잘 정리된 글입니다. 시를 전개하는 능력을 지닌 가능성이 있는 학생입니다. 그러나 예전에 몇 번은 읽은 듯한 글입니다. 다시 말해서 독창력이 더 필요하다는 말입니다. 좋은 작품은 남의 작품을 흉내낸 것이 아니라 자기만의 느낌을 자기표현 방법에 의하여 써야 합니다. 글 쓸 때의 가장 두려운 적은 '적당함'입니다. 대충 써서는 안 됩니다. 자기 느낌을 정확하게 표현해야 합니다. 물이 100도가 되어야 끓듯이 그 온도에 이르기까지 끝없이 노력해야만 비로소 물이 끓는 이치와 같습니다. 99도라고 해서 '대충 끓는다'라고 생각하면 더 이상의 발전은 없습니다.

그리고 동시 「눈 오는 날」(강릉 율곡초3 최시명)에서 마지막 연은 동시의 매력을 느끼게 합니다. "우리 가족은/ 펑펑 눈이 오면/ 화내는 것도 쓰윽하고 까먹지요" 이런 표현은 훌륭합니다. 동시에서만 느낄 수 있는 문학의 즐거움입니다. 가능성이 많은 학생입니다.

「놀이공원」(강릉초3 홍가영)의 작품은 놀이 공원에서 경험한 내용을 잘 썼습니다. 저학년인데도 읽는 모든 사람들이 충분히 이해할 수 있게 표현했습니다. 그런데 지적하자면 내용은 잘 전달되었는데 동시적인 요소가 약합니다. 좀더 시적으로 정형화하는 연습을 더 많이 하기를 바랍니다. 그러기 위해서는 놀이기구를 타는 모습을 더욱 구체적으로 살필 수 있는 실력이 있어야 합니다.

곧 봄이 다가옵니다. 새싹처럼 투명하게 빛나는 어린이들의 가슴에도 개나리 꽃 만발하기를 기대합니다. 좋은 글은 맑은 마음에서 나오는 것임을 잊지 마세요.

(강원도민일보 2010. 02. 26. 23면)

(강원도민일보 2010. 03. 26. 23면)
독후감

'비밀의 화원'을 읽고

곽민경 / 고성 간성초 6학년

얼마 전 내방 청소를 하다가 깊숙이 가려진 곳에서 한권의 책을 발견했다. 책 제목이 마음에 와 닿아 읽게 되었다.

작가 프랜시스 호리스 버넷은 주로 어려운 환경에서 꿋꿋이 삶을 사는 이야기를 많이 썼다. 대표작으로는 비밀의 화원을 비롯하여 세드릭 이야기, 세라 이야기 등이 있다.

이 소설의 배경이 된 곳은 영국의 요크셔 지방으로 자연경관이 유명하고 오래된 건축물과 고풍스러운 분위기를 느낄 수 있는 곳이다. 이 곳에서 주인공 메리의 이야기가 시작된다.

주인공 메리 레녹스는 버릇없고 고집스러운 10살 소녀이다. 영국 총독부 관리인 아빠는 일 때문에 집에 늘 안 계시고 엄마는 사교계 사람들과 어울려 메리는 유모의 손에서 자랐다. 유모는 메리가 울면 혼날까봐 두려워 뭐든지 다 해주었다. 그러다 보니 메리는 그 누구도 말릴 수 없는 고집불통이 되어 버렸다.

그러던 어느 날 인도에 콜레라가 돌았다. 메리 부모님도 자신을 키워준 유모도 모두가 이 병으로 죽었다. 한순간에 고아가된 메리는 한 번도 본 적 없는 고모부가 계시는 영국으로 갔다. 고모부 댁에는 시중들 유모도 하인도 없었다. 그저 그 집 하녀인 마사가 식사 준비를 해 줄 뿐 옷을 갈아 입혀주지도 신발을 신켜 주지도 않았다. 하지만 메리는 수다스럽지만 착한 마사가 점점 좋아졌다.

메리는 마사에게 10년 동안 꼭꼭 문이 잠겨 있는 비밀의 화원에 대하여 들었다.

메리는 이 사실을 마사동생 디콘에게 알려 함께 정원을 꾸민다. 화원을 가꾸면서 고집불통이 마음 넓은 아이로 자라기 시작한다.

어느 폭풍우가 치던 날 메리는 복도를 지나가다가 아이의 울음소리를 들었다.

그 울음소리의 주인공은 고모부 아들 콜린이었다. 아버지의 무관심과 자신도 곧 아버지처럼 곱사등이가 될거라는 불안감으로 다른 사람과 벽을 쌓고 나오지 않는 소년이다. 그러나 콜린은 점점 메리에게 문을 열고 친구가 된다.

드디어 메리와 디콘은 콜린을 밖으로 나오게 하는데 성공했다. 콜린은 어머니가 사랑했던 화원을 가꾸며 건강이 좋아지더니 휠체어에서 일어나 걷게된다.

디콘의 어머니의 편지를 받고 아들이 잘못되진 않았을까 하는 걱정에 부랴부랴 집으로 온 크레이븐씨는 꽃이 아름답게 핀 화원과 그 속에서 뛰어 나오는 아들을 보게 된다.

나는 이 책을 통해 자연이 소중하다는 것을 알았다. 문제아 메리가 마음씨 넓은 아이가 되고 곧 죽을 거라고 생각하던 콜린도 화원을 가꾸며 건강이 좋아진다. 이처럼 자연은 우리에게 좋은 선물이다.

나도 이러한 화원을 가지고 싶다. 화원에서 디콘 같은 친구도 붉은가슴울새도 함께 지내며 내 마음 속에 있는 이기주의를 버리고 넓은 사람이 되고 싶기 때문이다.

영국의 작가 프랜시스 호지슨 버넷이 쓴 『비밀의 화원』은 나에게 많은 것을 주고 가르쳐준 내 마음 속에 남는 책이다.

동시

꽃 밭

방민호 / 화천 사내초 3학년

곱고 아름다운 꽃밭에
사뿐히 앉으면,

향기로운 꽃 냄새
내 가슴에 가득 배고,

빨강, 분홍, 보라색이
내 눈을 적셔요.

그러면 내 마음도
색깔따라 꽃 꿈을 꾸지요.

동시

수업시간

정한영 / 화천 상승초 3학년

꿈틀꿈틀
수업 시간만 되면
정해진 것처럼 움직이는 내 몸
눈치 빠른 선생님
나와 내 친구를 손가락으로 가리킨다.
"너희 둘 조용히 해."
그래도 계속 움직이는 내 몸

꿈틀꿈틀
그래도 애벌레처럼 움직이는 내 몸
쉬는 시간에는
더 쉴 새 없이 움직인다.
나는 수업시간만 되면
애벌레가 된다.

독서는 내 안의 또 다른 나를 만나는 길

봄이 성큼 다가왔습니다.

시장에 나갔더니 벌써 어린 모종들이 고개를 내밀고 웃고 있다가 꽃샘 추위에 바들거리는 모습을 보았답니다.

곧 산수유가 노랗게 물들고, 백목련이 환하게 교정을 수놓는 봄의 향 연이 펼쳐지겠지요. 온 들녘에 숨통이 터지듯 여기저기에 파란 생명들이 솟아나리라 기대하며 봄을 기다리고 있답니다.

이번에 보내준 글 중에서 독후감 「비밀의 화원을 읽고」(고성 간성초6 곽민경)를 보면서 다시 한번 독서의 중요성을 실감했습니다.

'과연 어린아이들이 독서를 통하여 무엇을 얻을 수 있을까?'를 생각해 보았습니다.

우선 인내심을 기를 수 있다고 생각합니다. 책 몇 권을 읽고 모든 것을 다 알았다고 말 할 수 없는 것처럼, 긴 시간 꾸준한 독서를 통하여 삶의 이치를 깨닫게 됩니다. '책을 읽으면 무엇이 된다'라는 어떤 다른 목적을 가지고 책을 읽는 것보다는 아주 자연스럽게 독서를 하다보면 어느새 우리는 새로운 것들에 눈뜨기 시작합니다.

그러다 보면 판단력과 비판력이 생기게 되지요. 등장인물의 성격을 통하여 자신과의 차이를 알게 되고 옳고 그른 것을 판단하는 능력이 생기게 됩니다.

그리고 간접적으로 많은 경험들을 할 수 있습니다. 내 안에서 나 아닌 나를 통하여 자신이 경험하지 못한 상황에 대한 풍부한 정보를 체험할 수 있습니다.

독서를 통해 얻을 수 있는 또 하나의 능력은 통찰력을 길러준다는 사실입니다. 등장인물을 통하여 그 상황에 맞는 깊은 이해와 비교가 가능해지고 더불어 문장력과 어휘력도 동시에 길러진다고 할 수 있습니다.

때문에 어린이들이 꾸준한 독서를 한다면 앞으로 어른이 될 때까지 모든 상황에 알맞게 행동할 수 있고 그리고 성인이 되었을 때 우리 사회를 이끌 수 있는 중요한 인물이 되리라 확신합니다.

이번 글을 살펴보면 위에서 말한 독후감 「비밀의 화원을 읽고」는 수작입니다. 책을 읽고 난 후의 경험과 과정 그리고 감동부분을 잘 정리하였습니다. 한 가지 조언을 한다면 독후감을 쓸 때 내용이나 모든 등장인물을 다 소개 하려고 하지 말고 특징인물에 대하여 집중적으로 조명해 보는 것도 좋은 글입니다. 그리고 연극 대본으로 꾸며 본다거나 만화를 그려 볼 수도 있겠지요.

동시를 살펴보면 「꽃밭」(화천 사내초3 방민호)은 서정적으로 안정화되어있는 소년의 심정을 잘 표현하고 있습니다. "빨강, 분홍, 보라색이 내 눈을 적셔요" 이런 표현은 소년을 통해서만이 읽을 수 있는 아름다운 동시의 세계입니다. 그리고 꿈으로 이어지는 이 동시는 매우 잘 짜여진 동시의 세계를 볼 수 있지요. '동시'도 분명 '시'인 만큼 사물의 느낌을 압축하고 정형화해야 하는 이유는 분명하답니다. 자기의 느낌을 '행'만 나누어서 길게 늘여 놓는다고 시가 아니고 그 안에는 잘 짜여진 팽팽한 긴장 감이 숨어있도록 써야 합니다.

또 다른 동시를 살펴보면 「수업 시간」(화천 상승초3 정한영)도 주제가 분명한 작품입니다. 수업 시간에 힘들어하는 아이들의 심정을 잘 표현하고 있지요. 그러나 그 힘들어하는 내용을 애벌레 한 단어만으로 다 나타내기엔 다소 부족하다는 생각이 듭니다. 이럴 때엔 더욱 상징적인 다른 단어를 한번 더 강조한다거나 앞 연에 그 상황을 압축 묘사하는 표현이 필요하답니다.

봄을 맞이하면서 자연과 더불어 봄과 같이 새롭게 돋아나는 어린이들이 되기를 기대합니다.

(강원도민일보 2010. 03. 26. 23면)

(강원도민일보 2010. 04. 09. 23면)
동시

구름의 생활

전지훈 / 고성 간성초 4학년

구름은 하루종일
운동을 한다.
구름은 부지런쟁이야.

구름이 운동을 해 힘들면
땀을 흘려 고스란히
비가 된다.

구름이 아플 때는
구름이 재채기를 해
번개가 된다.

장난을 치고 싶을 때
우박을 떨어뜨린다.

동시

병아리

김윤섭 / 강릉 율곡초 3학년

병아리는 귀엽다
털색도 예쁘고
발톱도 멋있다

보면 만지고 싶고
만지면 간지러워 얼른 놓는다

사고 싶지만
금방 죽을까봐
못산다

작년에 금방 죽었던 게
생각나 살까 말까
에이 그냥 가자!

73

동시

우리 어머니 이야기

한대현 / 춘천 성원초 5학년

이불 한 장에
어머니와 함께 나란히 누웠다.

어머니는 이불을 걷어차는 나를 위해
다시 이불을 가지고 오셔서
배를 따스하게 하시곤
다시 잠드신다.

난 그것도 모르고 다시 한 번
이불을 걷어차 버린다.
어머니는 어떻게 아시는지
반쯤 감기신 눈으로
이불을 가지고 오신다.

어머니는 그렇게
깊은 잠을
못 주무신다...

난 또 그것도 모르고
밥해달라고
피곤한 어머니의 잠을 깨운다.

머리로만 쓰지 말고 가슴으로 쓰는 글짓기

봄이 한창입니다.

황사로 하늘이 뿌옇게 흐린 날도 있지만 그래도 봄 햇살은 따스하게 온누리를 비추어 줍니다.

햇살이 교실에 가득 차면 그 빛을 받고 있는 학생들은 정말 눈이 시리도록 예쁩니다.

창가에 앉아 재잘거리는 모습을 보면서 가슴이 따스해집니다.

그 중 한 아이가 "어제 개교기념일이라 쉬는 날이어서 졸업한 초등학교를 갔었는데 선생님들이 모두 전근을 가셔서 한 분도 만나지 못하고 그냥 돌아왔다."고 너스레를 떨자 아이들은 함께 섭섭해 하며 친구를 달래 주기도 하고 또 신나게 초등학교 때의 이야기를 늘어놓고 요란하게 웃기도 합니다.

그 옆에 있는 아이는 도서관 사서 선생님 이야기를 하더니만 '머리로만 쓰지 말고 가슴으로 쓰라'고 하신 말씀은 지금도 기억에 오래 남는다고 이야기를 합니다.

정말 아이들이 꿈 많고 할 말이 많은 여고시절을 보내고 있습니다. 불과 몇 해 전만 하더라도 어린 초등학생이었던 아이들이 성장하여 지금은 고등학교를 다니지만 아직 그 마음속에는 유년의 기억들이 그대로 남아 있습니다.

어느 선생님이 이렇게 좋은 말을 아이들에게 가르쳤을까 하는 심정으로 진한 감동이 물결칩니다.

초등학교 시절에 글을 즐겨 읽고 썼던 아이들이 고등학교나 대학에 진학해도 여전히 독서에 열중하고 창의력이 뛰어난 인재가 되는 것을 자주 경험합니다. 어린이들에게 바른 글쓰기와 자세를 지도하는 것이 결국 우리 사회의 바른 삶을 가꾸는 길임을 깊이 생각해 봅니다.

이번에 발표된 글을 읽으면서 뭔가 새로운 표현을 한 작품이 있을까 하고 유심히 살피다가 「구름의 생활」(고성 간성초4 전지훈)을 읽으면서 동시의 즐거움을 맛보았습니다. 일반적으로 어린이들이 '구름'을 형상화할 때는 항상 비와 관련되는 작품만을 보았는데 이 학생은 '부지런히 운동을 하고 땀을 흘리는' 새로운 시각으로 접근하고 있습니다. 그리고 '구름이 아플 때는/ 구름이 재채기를 해/ 번개가 된다// 장난을 치고 싶을 때/ 우박을 떨어뜨린다'라고 어린이답게 노래하고 있지요.

이렇게 자기만의 시각에서 관찰하고 노래하는 점은 높이 평가 받을 만합니다.

그리고 덧붙인다면 항상 메모하는 습관이 필요합니다. 뭔가 새로운 것이 보이면 즉시 메모할 수 있는 준비를 해야 합니다. 즉각적인 감동이 머리를 스칠 때 즉시 그 상황을 묘사하고 여러 번의 수정 과정을 거쳐 비로소 작품으로 탄생하는 것입니다.

그리고 「병아리」(강릉 율곡초3 김윤섭) 동시 작품은 저학년임에도 불구하고 솔직하게 자신의 감정을 잘 표현하고 있습니다. 동시에서 가장

중요한 것이 바로 정직하고 순수하게 표현하는 것입니다. 훌륭한 작품은
아름다운 마음에서 나오는 것임을 잊지말고 스스로 깨닫지 못하면서 멋
있는 낱말들을 채우는 식의 글은 절대로 흉내라도 내면 안되지요.

다른 작품 「우리 어머니 이야기」(춘천 성원초5 한대현)를 살펴보면 어
머니의 사랑을 흠뻑 느끼게 하는 잘 쓴 작품입니다.

소재도 훌륭하고 표현력도 좋습니다. 그런데 한 가지 조언을 한다면 마
지막 연에서 좀더 다른 방법으로 어머니의 진한 사랑을 표현 할 수 없었
을까 하는 아쉬움이 남습니다. 그 만큼 종결연이 중요하다는 말씀입니다.

이제 온누리가 초록세상이 될 것입니다. 어린이들은 그 초록물결의 주
인공들입니다. 더욱 밝고 건강하게 자기의 꿈을 펼치세요. '머리로만 쓰
지 말고 가슴으로 쓰라'는 말씀 잊지 마세요.

(강원도민일보 2010. 04. 09. 23면)

(강원도민일보 2010. 04. 23. 23면)
동시

씨앗의 일년

김세원 / 춘천 성원초 4학년

부드러운 흙 속
조그만 씨앗 하나
씨앗은 마음 속
꿈을 담고 있지요.

봄이 되자 쏘옥쏘옥
고개드는 새싹들
인자하신 새싹 아주머니
꼬옥 안아주세요.

여름되자 파릇파릇
자라나는 새싹들
장난꾸러기 바람이
쌩쌩 달려가요.

가을되자 알록달록
물이든 새싹들
시원시원 하늘들과
마주보며 웃어요.

겨울되자 새근새근
잠이든 새싹들
보드라운 눈송이가
새싹을 덮어줘요.

종류만큼 다양한 새의 느낌

김윤섭 / 강릉 율곡초 3학년

나는 새들을 보면 불쌍한 생각이 든다.

새들은 겨울에 먹이가 없어서 죽는 것들이 많다. 작년 겨울에 밖에서 눈사람을 만들다가 죽은 새를 보았다. 정말 불쌍해 보였다. 알고 보니까 먹이가 없어서 죽었다고 한다. 눈이 온 땅을 덮으면 새들은 먹이를 구하기가 힘들다. 요즘 독수리가 멸종위기라고 한다. 독수리도 먹을 게 없나 보다.

나는 새들하면 두 번째로 하늘이 생각난다. 왜냐하면 새들은 하늘을 날기 때문이다. 작년 가을에 할아버지 댁에 가서 새를 잡은 적이 있다. 내가 앞으로 지나가면 새들이 휠휠 날아 전깃줄에 앉았다. 그래서 전깃줄을 향해 돌을 던졌더니 수많은 새들이 백 마리도 넘은 것 같았다.

우리나라의 새는 김연아라고 한다. 왜냐하면 스케이트장을 새처럼 자유롭게 나아가기 때문이다. 텔레비전에서 김연아를 보았는데 정말 스케이트를 잘 탔다. 나도 저번에 스케이트장에 가서 스케이트를 타본 적이 있다. 처음에는 쉬운 줄 알았는데 타다 보니 자꾸 넘어졌다. 그래서 다리가 정말 아팠다. 역시 스케이트 타는 방법은 어려운 것 같다. 김연아는 이렇게 어려운 스케이트를 잘 타니 스케이트 연습을 많이 했나 보다. 정말 우리나라 새라고 불릴 만하다.

나는 새 중에서 갈매기를 제일 좋아한다. 바다 경치를 구경하면서 갈매기를 보면 가슴이 뻥 뚫린 것처럼 시원하고 좋다. 갈매기를 멀리서 보면 엄청 못생겼다. 그렇지만 나는 갈매기가 참 좋다.

어른들은 까치가 오면 좋은 소식이라고 한다. 그런걸 보면 옛날사람들은 까치를 참 좋아한 것 같다. 얼마 전에 할아버지댁에 갔다. 옥상에 올라가 보니 전깃줄에 까치가 쫙 깔려 있었다. 그래서 돌을 던져 보니 까치들이 흩어졌다가 다시 모였다.

새들은 종류도 많고 볼 때마다 느낌이 다르다.

이렇게 써보세요

가장 솔직하게 자신의 언어로 표현해 보세요

이번에 보내온 학생들의 작품을 읽으면서 문득 일본의 동화 작가 하이타니 겐지로가 그의 저서 「선생님 내 부하 해」에서 쓴 말이 생각났습니다.

그는 아이들을 바라보면서 어린이들의 머리 속에는 '틀'이 없다고 말을 했습니다. 어린이들은 특정한 구조나 패러다임으로 현상을 바라보는 방식이 체계화 되어있지 않아서, 학교에서 시험을 볼 때도 답지에 전혀 예상치 못한 답을 써서 선생님을 놀라게도 한다고 말하면서 몇 가지 예를 들어 설명을 했습니다.

윗 본문 중에서 (ㄹ)을 소리 나는 대로 읽으시오. (답) "리을", '벌'이 뭐라고 소리냈나요? (답)"잉잉잉...", "어디에 감추었나요?" (답) "비밀 장소..." 이렇게 쓴 답안들입니다.

다시 말하자면 어른들은 어린이들의 자유로운 관찰법을 깊이 살피지 못하고 자기의 고정관념의 틀에 끼워 넣는 전문가들입니다. 어린아이들에게 다시 도전할 기회도 없이 어른들의 구조에 맞지 않는다는 이유로 잘라버린 작품들은 결국 빛을 발하지 못하고 깊은 절망의 구덩이에빠져

81

버리고 맙니다. 기존의 틀에 묶여 흉내 낼 수밖에 없는 상황이 재연되고 있지요. 새로운 창작의 기운을 묻어버리는 '늪'이라고 할까요.

하이타니 겐지로는 늘 '아이들의 언어로 아이들의 눈높이에서 세상을 바라보는 모습을 있는 그대로 전달해주어야 한다.' 라고 말했습니다.

필자가 그동안 어린이 시를 읽으면서 그래도 저 학년의 글에서는 전혀 예상치 못한 표현이 툭 튀어나오는 것을 간혹 발견했지만, 고학년이 될 수록 기성작품의 틀을 흉내 내는 작품들을 많이 보아왔습니다. 참으로 안타까운 우리들의 현주소입니다.

작년에 UN이 뽑은 최고의 어린이 시를 소개하면, '태어날 때 내 피부는 검은색/자라서도 검은색/ 태양 아래 있어도 검은색/ 무서울 때도 검은색/ 아플 때도 검은색/ 죽을 때도 나는 여전히 검은색이죠// 그런데 백인들은/ 태어날 때는 분홍색/ 자라서는 흰색/ 태양 아래 있으면 빨간색/ 추우면 파란색/ 무서울 때는 노란색/ 아플때는 녹색이 되었다가/ 또 죽을 때는 회색으로 변하잖아요/ 그런데 백인들은 왜 나를 유색인종이라 하나요?//

이 작품은 흑인 아이의 심정과 세계관, 감동 그리고 현실적인 문제들이 잘 표현되어 있습니다. 동시는 아이들의 동심을 표현 할 수 있는 가장 강력한 무기입니다.

가장 솔직하게 자신의 언어로 자기 몸짓을 표현해 내는 일은 동시의 생명이자 가장 간절한 시의 영혼입니다.

이번 본지에 발표된 작품들을 보면서 아이들만이 표현 할 수 있는 시어를 찾아보았습니다. 그러나 아쉽게도 새로운 시어를 찾지는 못했습니다. 몇 번은 읽었던 느낌과 같은 분위기의 작품들이었지요. 그만큼 새로운 것을 찾는다는 것이 어렵다는 뜻이기도 합니다. 그만큼 창작의 고통은 매우 어렵고 힘든 과정이랍니다.

동시 「씨앗의 일년」(춘천 성원초4 김세원)을 살펴보면 무난하게 전개되고 있는 작품인데 결정적으로 감동을 주는 강조점이 다소 약합니다. 이런 부분을 보충하면 좋은 작품을 쓸 수 있는 가능성을 지닌 학생이라는 생각을 합니다.

　끝으로 산문 「종류만큼 다양한 새의 느낌」(강릉 율곡초3 김윤섭)는 상상력이 뛰어난 좋은 작품입니다. 김연아 선수를 보면서 새를 생각하고 다시 갈매기로 이어지는 연상은 상상력을 잘 갖춘 학생이라는 생각이 듭니다.

(강원도민일보 2010. 04. 23. 23면)

(강원도민일보 2010. 05. 07. 23면)

동시

꽃들이 방긋

김은정 / 홍천 명덕초 5학년

꽃들이 방긋
노오란 병아리 닮은 꽃
바로 개나리
개나리가 아기 웃듯이 방긋

꽃들이 방긋
빛깔고운 비단 닮은 꽃
바로 진달래
진달래가 해님 웃듯이 방긋

우리도 꽃들이 웃듯이
방긋 웃음 짓자.

동시

산책하는 날

황석지 / 춘천 교동초 5학년

들판을 거닐며
노오란 개나리를 감상하는 날
내 말들도
친구 말들도
개나리처럼 고와집니다.

숲 속을 거닐며
연분홍 무궁화를 감상하는 날
내 얼굴도
친구 얼굴도
무궁화처럼 예뻐집니다.

꽃밭을 거닐며
새하얀 벚꽃을 감상하는 날
내 마음도
친구 마음도
벚꽃처럼 깨끗해집니다.

행복한 산책하는 날
사랑하는 친구와
눈부신 꽃들과 함께하여
더 행복한 오늘~

감사합니다, 미안합니다 그리고 존경합니다

원태경 / 홍천 명덕초 5학년

오늘은 천안함에 갇혀 돌아가신 장병들의 시신을 수습하여 장례를 치르는 날이다. 오전 10시에 사이렌이 울려 그 분들을 생각하며 묵념을 하고 전국민이 애도하는 시간을 가졌다. 왜냐하면 그 분들은 나라에 대한 열정으로 힘껏 노력하다가 배가 침몰하여서 먼 길로 떠나셨기 때문이다.

저녁에 집에서 영결식 모습을 보았다.

내 가슴을 아프게 하였던 것은 어린 아이들이 집의 가장이신 아빠를 떠나보내는데 천진난만하게 웃고 있는 모습이었다. 여섯 살쯤 되어 보이는 한 여자 아이는 울고 있는 엄마의 등을 토닥여주었고, 한 남자아이는 눈물을 흘리는 엄마의 눈을 희고도 흰 손수건으로 닦아주었다. 나와 같은 또래로 보이는 남자 아이는 눈물을 꾹 참고 아빠를 보내려다 결국 눈물을 흘리고 말았다. 내가 만약 우리 아빠를 보내야 한다면 정말 슬플 것이다. 그리고 눈물로 하루하루를 보낼 것이다. 그 아이들을 생각하니 마음이 아파왔다.

해군 장병 아저씨들이, 아니 이 나라의 모든 군인들이 힘을 모아 나라를 지켜주고 있기 때문에 우리들은 편안하게 공부하고 지낼 수 있다. 이번 일이 아니었으면 그 감사함도 잘 모르고 지냈을 것이다. 이번에 희생당하신 모든 분들께 '감사합니다. 그리고 미안합니다. 그리고 존경합니다'

라는 말을 전하고 싶다.

　"46명의 용감한 해군 아저씨들, 안녕히 가세요. 하늘나라에서 편하게 지내세요. 당신들이 지키고자 했던 우리나라를 저희들이 이어서 지켜 나가겠습니다."

새로운 시각으로 쓴 글은 매력이 넘친다

오랫동안 어린이들의 글을 읽다보면 늘 판화를 찍은듯, 같은 표현과 동일한 반복으로 인하여 새로운 표현에 대한 갈급함이 생길 때가 많이 있습니다. 이미 다른 어린이들이 표현한 시어들을 줄만 바꿔서 그럴듯하게 써 놓은 것을 볼 때 가슴이 답답하기도 합니다. 주변에 있는 사물들을 바라볼 때 매일 똑같은 관점으로 바라보지만 말고 새로운 시각으로 사물을 바라보는 연습이 필요합니다.

과거의 일반화 돼버린 사고의 틀에서 벗어나 새로운 시각에서 옛 소재를 현대화시키고 자기만의 독특한 세계를 구축하는 것이 매우 중요합니다.

이것을 시작법에서는 '낯설게 하기'라고 말합니다.

똑같은 사물도 보는 이에 따라서는 전혀 새로운 대상으로 보일 수도 있습니다. 같은 주제를 가지고도 전혀 다른 소재를 끄집어내는 것은 바로 작가의 몫입니다.

어린이들이라고 해서 그 작품의 표현 방법을 항상 일반적인 것으로 시어를 삼는다면 그 작품은 감동을 줄 수 없을 것입니다.

새로운 시각에서 쓴 실험시를 한편 소개하겠습니다.

"우리 집 담벼락에 금이 간 것을 맨 먼저 안 게 누구였을까 / …중략… 그래, 바로 지금 내가 발견했지. / 얼마나 신기하고 재미있는 일이야. / 하지만 엄마한테는 비밀로 해야겠어. / 당장 담벼락이 무너질 것처럼 / 지레 걱정하실테니 말야."(신형건, '조그만 비밀')

이 작품은 소재의 긍정적 속성과 상상력이 잘 짜여진 훌륭한 작품입니다. 동시를 쓸 때 우리들은 늘 새로운 시각에서 새로운 비밀을 찾아내듯 모험적인 자세로 써야 합니다. 그래야만 많은 연습 끝에 싱싱한 싱그러움이 솟아나는 동시의 세계를 맛 볼 수 있습니다.

이번에 본 면에 실린 작품을 살펴보면 동시 「꽃들이 방긋」(명덕초 5년 김은정)이 눈에 띕니다. 이 작품은 운율이 살아 있어 동시의 중요 요소 중 하나인 리듬 면에서 잘 써진 작품입니다. 그런데 한 가지 욕심은 '노오란 병아리'라는 표현은 아마도 수십 번은 읽었을 자주 보이는 시어이지요. 그러면 결국 시의 긴장미에서 떨어지게 됩니다. 이럴 때엔 다른 표현 방법을 곰곰이 생각해 보세요. 더욱 좋은 시가 나오지 않을까요?

다음은 동시 「산책하는 날」(춘천 교동초 5년 황석지)을 살펴보면, 이 작품도 정갈하고 리듬있게 잘 쓴 시입니다. 그리고 시의 전개 방법도 매우 능숙하게 잘 처리하고 있으며 시어의 선택도 양호합니다. 가정의 행복한 모습이 눈에 밟힐 듯 다가섭니다. 한 가지 조언을 한다면 마지막 연에서 끝말의 처리가 다소 미숙해 보입니다. 시 창작에서 늘 시작도 중요 하지만 마지막 마무리의 중요성을 잊어버리면 절대 안되지요.

산문 작품을 살펴보면 한 달여 동안 정말 온 국민의 마음을 아프게 했던 천안함 사건에 대한 아픈 마음을 글로 쓴 「감사합니다. 미안합니다. 그리고 존경합니다.」(명덕초 5년 원태경)입니다. 이 글은 어린이의 심정이 잘 표현 되어 있고, 구체적인 경험과 주변 상황을 잘 표현하고 있습니다. 그런데 한 가지 조언한다면 내용만 전달하지 말고 더 확장된 나만의 세계를 진실되게 보여 주어야 합니다. 그래야만 더 발전된 글을 쓸 수 있답니다.

끝으로 동시란 어린이와 동심을 가진 어른을 대상으로 한 문학장르입니다. 그래서 동시는 아이들만이 주대상이 되는 시라기보다는 차라리 동심을 가진 어른들과 함께하는 시입니다. 본 시니어 문학 면을 통하여 유년에 꿈이 있었으나 그 꿈을 잃고 있는 어른들을 위하여 동시를 통한 새로운 문학의 즐거움에 빠져 보기를 소망합니다.

(강원도민일보 2010. 05. 07. 23면)

(강원도민일보 2010. 06. 18. 10면)
동시

포 도

박예림 / 원주 둔둔초교 3학년

보라색 옷을 입고
꼭꼭꼭 붙어있는
다정한 형제들이
둥글한 모습으로
알콩달콩 재미있게
웃으면서 살아요.

초록색 옷을 입고
웃는 얼굴 서로보며
정다운 자매들이
낄낄낄 소곤소곤
밤새워 별을 보며
이야기꽃 피워요.

동시

구름 동물원

허유진 / 원주 둔둔초교 4학년

하늘에는 구름 동물원이 있지요.
요술쟁이 구름이 있어요.
요리조리 뛰어다니는
다람쥐도 있고요.
팔딱팔딱 뛰어다니는
개구리도 살지요.

하늘에는 구름 동물원이 있지요.
호랑이도 코끼리도 놀고요.
기린과 독수리도 있지요.
많은 동물들이 즐겁게 놀고 있는
하늘에는 구름 동물원이 있어요.

동시

토 끼

이우정 / 원주 둔둔초교 5학년

깡충깡충
귀여운 토끼

하얀 털
복슬복슬

여름에도
눈이와요

하얀 눈이 와요
토끼는 하얀 옷을
입고 있네요

꼭 남자만 장손해야 하나요?

김민지 / 인제 남초교 5학년

장손은 한집안에서 맏이가 되는 후손입니다. 한마디로 '맏손자' 같은 거죠.

옛날부터 지금까지 장손은 무조건 남자만 해왔습니다.

근데 왜 남자만 장손을 하고 우대를 받을까요? 여자는 그런 걸 못합니까? 여자도 할 수 있습니다.

그리고 저에겐 남동생이 하나 있습니다.

할아버지와 할머니 엄마께서는 "장손, 장손" 하면서 저보다 잘해주셨습니다. 겉으로만 "딸, 딸" 하면서 결국엔 모두 동생을 사랑합니다.

하지만 이젠 바뀌어야 할 시대가 지났습니다.

지금이라도 여자에게 누나에게 기회를 주어야 한다고 생각합니다.

꼭 남자가 장손이 돼야 합니까? 맏이라면 첫째 딸도 할 수 있습니다.

그리고 전 누나가 누나취급도 못 봤고 동생한테 지는 건 절대 안 된다고 생각합니다.

솔직히 만약에 내가 누나인데 남동생이 장손이라고 우대를 해주고 그러면 얼마나 안 좋겠습니까?

저는 지금이라도 빨리 바뀌어서 여자도 장손을 할 수 있었으면 합니다.

솔직하게 전 맏이인 제가 장손이 되어야 한다고 생각합니다.

여자도 못 할 건 없습니다. 남자들처럼 취직도 하고 힘도 세고….

여자면 무조건 못합니까? 솔직히 남자들도 못 하는 것이 있습니다. 그것처럼 여자도 하나의 단점이라고 생각하시면 됩니다.

그리고 무조건 남자가 장손을 하면 됩니까? 만약 남매가 있었는데 누나는 바르고 착했지만 동생은 머리도 나쁘고 돈을 흥청망청 막 써대는 사람이었습니다.

근데 이래도 무조건 남자가 해야 합니까? 더 잘하고 더 노력하는 사람이 장손이 되어야 하지 않겠습니까? 우리 집안을 위해 힘을 써줄 사람이 해야 한다고 생각합니다.

그렇지만 옛날엔 이렇게 생각하지 않고 그렇지 못했습니다.

무조건 남자만 생각하고 여자는 아예 나쁘게 생각까지 했습니다. 뭐 "암탉은 비유적 표현으로 집안의 여성을 말하는 것"입니다.

왜냐하면 그 때 사회에서 여자의 위치는 매우 낮았기 때문에 집안에서 여자의 발언은 종종 무시되었기 때문입니다. 결정은 주로 남자인 장손이 했습니다.

하지만 여자도 많이 중요한 존재입니다.

만약 유관순 언니가 없다면 우린 어떻게 되었을까요?

그리고 여자가 없다면 많은 것을 할 수 없습니다.

이런 것을 우리나라 남자들 모두 알아서 양성평등이 되었으면 합니다.

그리고 저는 지금이라도 빨리 장손을 여자도 할 수 있었으면 합니다.

이렇게 써보세요

밑그림 그리듯 솔직하게 표현해야
- 고민·걱정 떨쳐야 좋은 작품 탄생… 논설문 객관성 필수 -

한 달 여를 쉬다가 다시 본지 섹션 주니어 면에 실리는 어린이들의 글을 읽게 되어서 가뭄 끝에 단비를 맞은 양 기쁩니다.

요즘은 지구촌이 월드컵의 열기로 뜨겁게 달아올라 밤늦도록 경기를 시청하느라 뜬눈으로 밤을 새곤 합니다. 필자도 우리나라가 경기를 하는 날이면 어김없이 더 응원을 열심히 하고, 하이라이트 장면까지 다 보고 나면 날이 훤히 새곤 합니다.

문득, 책을 읽거나 글을 쓰다가 밤을 꼬박 지새운 지난날들이 기억됩니다. 밤새 고생하다가 마음에 흡족한 좋은 시를 쓰고 난 후에 맞이하는 새벽은 세상에 더 이상 부러울 것이 없을 만큼 행복한 하루를 맞이하는 때이기도 합니다. 매일 보는 태양도 떠오르는 모습이 달라 보이고, 새 소리도 새롭게 들립니다. 들꽃을 보아도 소리가 들리듯, 이런 느낌을 가질 때에는 정말 세상은 아름다운 시어로 가득 차 있음을 깨닫게 됩니다.

어린이들이 글을 쓸 때 가장 먼저 할 일은 마음을 평온하게 정리하는 일입니다.

고민거리나 걱정이 많은 상태에서는 좋은 글을 쓸 수 없습니다.

특별히 동시를 쓸 때는 자연의 변화와 느낌을 면밀하게 볼 수 있는 연습이 필요합니다.

보고, 듣고, 경험하고, 느낀 것들은 모두 훌륭한 글감이 될 수 있습니다. 마치 그림을 그릴 때 밑그림을 그리듯 쓰고자 하는 글감의 내용을 전체적으로 솔직하게 표현해야 합니다. 그리고 재미있는 말로 고치기도 하고, 빗대어 표현하기도 하고, 사물을 사람과 같이 흉내내어 보기도 합니다.

이렇게 다양하게 자신의 글에 대한 주제에 알맞은 표현을 시도합니다. 그리고 리듬을 살려서 행과 연으로 나누고 많은 교정과정을 거쳐야 합니다. 이런 과정을 통과해야만 비로소 좋은 작품이 탄생됩니다.

이번에 본지에 실린 동시 「포도」(원주 둔둔초3 박예림)를 살펴보면 포도를 재미있게 형상화 했습니다. 저학년임에도 안정감있게 잘 소화해 내고 있는 점은 장점이라고 말할 수 있습니다. 그러나 조언한다면 특별한 시어가 눈에 띄지 않습니다.

다시 말하자면 작품의 차별성이 약하다는 뜻이지요. 그런 부분만 보안한다면 더 좋은 작품이 될 수 있으리라 기대됩니다.

그리고 「구름 동물원」(원주 둔둔초4 허유진)이나 「토끼」(원주 둔둔초5 이우정)학생의 작품은 글을 전개시키고 창작하는 능력은 돋보이나, 작품이 너무 일반화된 느낌이 있어서 새롭게 사물을 관찰하고 발견하는 창작능력을 키우는 데 더욱 노력하기를 당부합니다.

왜냐하면 세상에 단 한 편뿐인 자기 작품이 다른 사람이 쓴 것을 흉내낸 것처럼 읽혀진다면 그 작품은 생명을 잃어버린 것이나 다름없다고 생각되기 때문이지요.

그리고 산문을 살펴보면 「장손은 꼭 남자만 해야 하나요?」(인제남초5

김민지)는 작품의 주제가 분명하고 양성평등에 대한 글쓴이의 의지가 잘 나타나 있는 잘 쓴 글입니다.

그러나 조언하자면 논설문은 설득력을 가져야 함은 물론이요, 논지가 분명해야 하고 개인의 감정에 너무 몰입하여 객관성을 벗어나서는 안됩니다. 그런데 다소 과학적인 접근과 설득면에서 부족하여 더 많은 자료와 정보를 제공한다면 더욱 좋은 작품이 될 것이라 확신합니다.

꾸준한 독서와 글쓰기 습작을 통하여 어린이들의 실력이 향상되길 기대합니다.

(강원도민일보 2010. 06. 18. 10면)

(강원도민일보 2010. 07. 02. 10면)
산문

'아기사슴 플래그'를 읽고

박훈서 / 횡성 우천초교 3학년

　무슨 책을 읽을까 하고 책꽂이에 꽂힌 책들을 둘러보았다. 남자아이와 아기사슴이 그려진 책이 내 눈에 들어왔다. 책의 제목은 아기사슴 플래그였다. 나는 무슨 내용일까 궁금해 읽어보았다.

　미국 플로리다 주의 작은 숲 속에 조디라는 소년이 엄마, 아버지와 함께 살고 있었다. 조디네 집은 농사를 지으며 살지만 너무 가난한 집이었다.

　어느 날 산에 나무하러간 아버지가 방울뱀에게 물려 독이 퍼지기 시작하여 괴로워하고 있을 때 숲 속에서 엄마사슴과 아기사슴이 함께 있는 것을 보고 엄마사슴을 잡아 간을 꺼냈다.

　사슴의 간은 독을 빨아들이는 힘이 있어 상처에 대고 뱀의 독을 빼내어 아버지는 살아나셨다.

　엄마를 잃은 아기 사슴이 너무 불쌍해서 조디는 부모님의 허락을 받고 집에서 키우게 되었다. 조디는 플래그라는 이름을 아기사슴에게 지어주고 아기사슴 플래그와 즐겁고 재미있게 지냈다.

　플래그가 점점 커가면서 밭에 심어놓은 옥수수 싹을 먹어치우고 곡식을 다 먹어 버리며 말썽을 피워 더 이상 키울 수 없게 되어 숲 속에 버리라고 했지만 조디는 그럴 수 없었다. 겨울에 먹을 곡식을 먹고 있는 플래그를 더 이상 볼 수 없어 어머니는 총으로 쏴 플래그는 죽게 되었다.

　조디는 그런 부모님을 원망하고 집을 나왔다가 강가에 있는 배를 타고 강으로 떠내려가다가 큰 배를 만나 살게 되었고 선장님께서 위로해 주면서 집으로 들어가라고 강 언덕에 내려 주었다. 아침부터 굶은 조디는 배가 너무 고팠다.

굶주린다는 것은 정말 괴로운 일이라는 것을 알게 되었고 부모님이 왜 플래그를 죽여야 했는지 부모님 마음을 이해하게 되었다. 조디는 집에 돌아왔고 부모님들께서 너무 기뻐하셨다.

나도 조디가 부모님을 이해하게 되어 정말 다행이라고 생각했다. 죽은 아기 사슴 플래그를 생각하면 불쌍하기도 하지만 어쩔 수 없는 선택이었다고 생각한다. 죽은 아기사슴도 조디네 부모님을 이해할 것이라고 생각한다.

전쟁없는 나라를 바라며

김세훈 / 횡성 우천초교 4학년

해마다 6월이 되기 전에 우리는 변함없이 해야 하는 것이 있다. 바로 6·25 전쟁을 기념하고 통일을 기원하는 통일 문예행사이다.

작년 여름, 우리 가족은 고성에 있는 통일 전망대에 간 적이 있다.

그런데 그냥 가서 볼 수 있는 것이 아니라 고성에 들어갈 때는 신분확인을 다 한후 차를 통과시켜주었고, 통일전망대에 가서는 잠시 동안 시청 자료를 틀어주며 교육을 받은 후에만 통일전망대를 볼 수 있었다. 나는 왜 그렇게 검문을 하고 교육을 하는지 궁금했다.

통일전망대에 올라가서 망원경으로 북한을 보는데 정말 신기하게도 북한이 바로 앞에 있는 것처럼 보이는 것이었다.

보초를 서고 있는 북한 군인도 볼 수 있었다.

그런데 눈에 띄는 건 무시무시한 철조망이 너무 많이 있다는 것이었다. 바다로 이어지는 모래사장을 건너면 바로 북한을 갈 수 있을 것 같은데…. 왜 전쟁이 일어나서 이렇게 북한 친구들도 못보고 아름다운 금강산도 못가고 같은 민족인데도 헤어져 살아야 하는지 마음이 아프고 또 한편으로는 전쟁을 일으킨 어른들이 밉기도 했다.

어제는 참 슬픈 날이었다. 천암함 침몰사고로 목숨을 잃은 46명의 군인들이 하늘나라로 갔기 때문이다.

나는 잘 모르겠지만 뉴스에서 아마 천안함은 북한에서 우리나라에 일

부러 공격을 한 것이라고 조심스럽게 보도를 한 것을 보았다.

정말 북한이 우리나라를 공격한 것일까?

그렇다면 북한은 정말 나쁘다.

우리나라는 하루빨리 통일을 해서 이산가족 없이 한민족이 행복하게 살자고 이렇게 글짓기도 하고 기도도 하는데, 북한은 또 전쟁을 원하는 것인지 자꾸 핵무기개발이며 수없이 우리나라를 노리고 있는 것 같다.

엄마 아빠와 하루만 떨어져 있어도 보고 싶어 못 참겠는데 이산가족의 마음은 얼마나 아플까?

나는 통일이 꼭 되지는 않더라도 다시는 전쟁이 일어나지 않았으면 좋겠고, 우리나라를 여행하는 것처럼 만나고 싶은 사람은 서로 만나고 살 수 있었으면 좋겠다.

천안함 사고로 하늘나라로 가신 46분의 군인들이 하늘에서는 편안하게 쉬셨으면 좋겠다.

유년시절 읽었던 문학의 아름다움은 영원

- 사물을 보는 새로운 시각·꾸준한 독서·글쓰기 연습 필요 -

　두어 달 전에 나는 한 통의 편지를 받았습니다. 정성들여 손으로 쓴 편지를 받는 일이 드문 요즈음 무명의 시인으로부터 받은 '낙화(洛花)'라는 시조 한편은 나를 깊은 감동에 빠지게 했습니다.

　아직도 나는 그 시인을 만나지는 못했지만 추측컨대 예순을 훨씬 넘긴 여성이라는 사실 외에 내가 아는 것은 아무것도 없습니다. 노년의 나이에 접어들면서 어릴 적에 꿈꿔왔던 시를 써 보고 싶은 마음이 간절했던 그 마음을 읽으며 나이에 관계없이 어린이로부터 노년에 이르기까지 인간의 마음 내면에는 문학을 갈구하는 영원성이 살아 있음을 느끼게 했습니다.

　그 시조 전문은 소개합니다. '펄 펄 날리는 꽃송이 송이 가는 봄을/ 나같이 병든 몸이 아낀다 하랴마는/ 청춘이 어제인 듯하여 무심 못해 하노라 // 꽃 보라 그늘 속을 오가는 젊은이여/ 상기한 붉은 얼굴 봄마저 시샘하고/ 낙화를 밟고 가도 무엄하지 전혀 아니하노라 // 아침에 꽃을 찾아 꽃그늘 속에 누웠다가/ 단잠을 깨어보니 고운 꽃잎 다 날렸네/ 가는

봄 가라 하여라 새 봄 오라 하여라 (이은희의 '낙화')

그 편지를 양복 주머니에 넣고 다니며 시간 날 때마다 꺼내 읽고 또 읽다 보니 편지 봉투 귀퉁이가 다 해어지고 너덜거려도 시조의 아름다움은 더욱 깊이 마음을 울립니다. 이와 같이 시에 깃든 맑은 정신은 어린이들도 배워야 할 문학을 아름답게 만드는 근본입니다.

많은 어려움과 고통 속에서 인생은 쉬이 지나 어느덧 귀 밑 흰 머리가 보이는가 하더니 금방 쉰을 지나고 예순이 다가옵니다.

그러나 나이가 들더라도 유년에 읽고 배웠던 문학의 아름다움은 영원합니다. 어린이들이 늘 독서하고 글 쓰는 연습에 매진하기를 바랍니다.

본지에 소개된 작품들 중, 우선 독후감 「아기사슴 플래그를 읽고」(횡성 우천초 3 박훈서)를 살펴보면, 저학년 학생임에도 책을 읽게 된 동기와 내용 그리고 느낀 점을 잘 정리했습니다. 전체적인 글의 전개 능력이 능숙하여 좀더 연습하면 더 좋은 글을 기대해도 될 것 같습니다.

그러나 조언을 하자면 작품의 내용을 설명하는데 많은 지면을 할애할 것이 아니라 느낀 점을 더 중시해서 표현해야 합니다.

이번 기회에 독후감 작법에 대하여 잠시 살펴보면, 우선 작품을 충분히 읽고 자기의 생각을 정리하여 체계화할 수 있어야 합니다.

남의 말을 빌어 쓸 것이 아니라 독자의 입장에서 자기주장의 확고한 입장을 밝혀야 하며 작품의 내용 소개 및 요약은 간결하게 소개하는 것이 중요합니다.

그리고 훌륭한 독후감을 쓰려면 다른 사람들의 독후감을 많이 읽고 정리하고 노력하는 마음가짐이 필요합니다.

산문 「전쟁없는 나라를 바라며…」(횡성 우천초 4 김세훈)를 살펴보면 통일전망대를 다녀온 후 자기의 경험을 작품으로 잘 말하고 있습니다. 이처럼 자신의 체험을 글로 옮기는 자세는 매우 중요하며 꾸준한 연습을 통하여 더욱 승화된 작품을 쓸 수 있다는 자신감을 갖기를 바랍니다.

그리고 천안함 사건을 예화를 들면서 작품의 이해를 풍부히 하고 설득력 있게 전개하는 능력이 매우 뛰어납니다. 조언을 하자면 자기만의 특별한 창작력이 있어야 합니다. 누구나 다 같이 느끼고 또 썼던 느낌과 글이라면 글의 의미는 반감됩니다. 그러므로 새롭게 바라보는 시각과 도전의식을 키우기를 기대합니다.

참 어렵지요. 그래서 많이 읽고, 쓰고, 검토하고, 다시 써 보는 꾸준한 연습을 통해야만 좋은 작품이 탄생하는 것이랍니다.

이제 2주 정도 지나면 신나는 여름 방학이 다가옵니다. 좋은 추억거리를 만들고 또 귀한 작품도 구상해 보세요.

(강원도민일보 2010. 06. 18. 10면)

(강원도민일보 2010. 07. 16. 10면)
동시

버섯집

최호빈 / 화천 풍산초교 4학년

나는 버섯집을 지었다.
누가 거기서 살까?
달팽이가 살까?

아마도 작은 곤충이 살거야
거기서 이사 안하고 살까?
곤충이 어떻게 집을 지을까?

너무 궁금하다
집이 작은 것일거야.

동시

무지개

송은이 / 고성 간성초교 4학년

고운 무지개
아름다운 무지개

무지개를 따와서
예쁜 색동 한복 만들자

무지개를 따와서
아름다운 색동 한복 만들자

색동 한복 만들어
밖에 입고 나가면

반짝반짝 빛이 난다
무지개처럼 눈이 부신다

간장밥

김준환 / 고성 간성초교 5학년

놀다 오면
배가 고프네

"엄마, 나 간장밥 해줘요."

엄마는 간장밥을 만들어 주십니다.

"다 만들었으니 먹어라."

방 안까지 달려오는 고소한 간장밥 냄새

허겁지겁 간장밥을 먹고
헐레벌떡 다시 놀러나가네.

철없는 아들 둬서 고생하시는 우리 엄마

"엄마. 제가 커서
간장밥만큼 맛있는 음식
꼭 사드릴게요!"

건강한 이 만들 거예요

김성민 / 횡성 우천초교 4학년

우리 같은 아이들은 이 닦기를 별로 좋아하지 않는다.

동물들은 사람보다 발달하지 못해 이 닦는 것이 어렵지만 나름대로 이를 청소하는 모습을 볼 수 있다. 예를 들면 악어와 악어새의 관계이다. 악어가 동물을 잡아먹고 느긋한 마음으로 휴식을 취하며 큰 입을 '딱' 벌리고 있으면 조그만 악어새는 '포르르' 날아와 악어 이빨에 낀 찌꺼기들을 청소해 준다. 악어도 이빨에 무엇이 끼어 있으면 불편하다는 것을 알고 악어새를 잡아먹지 않고 청소를 맡기는 것이다.

악어보다 훨씬 똑똑한 우리들이 이를 잘 닦지 않아 친구들에게 불쾌감을 주고, 또 아주 싫어하는 치과를 찾는 경우가 종종 있다.

선생님께서는 하루에 이를 3번 3분 정도 닦아야 충치를 예방할 수 있다고 기회있을 때마다 말씀하시지만 난 늘 듣는 둥 마는 둥 한다.

아침엔 학교에 빨리 가야 하기 때문에 이 닦기가 어렵고. 학교에서 점심을 먹은 뒤에는 도서관에 들러 책도 빌려야 하고.

친구들과 재미있게 놀아야 하기 때문에 이 닦을 시간이 없는 것 같아 이를 닦지 않을 때가 많다.

그래서 내 입안의 이는 별로 예쁜 모습이 아니다. 충치가 먹어 시커멓고, 그것을 치과에 가서 때웠기 때문에 이상한 모습을 하고 있다.

사탕이나 아이스크림을 먹고 나면 아프기도 하다. 그럴 때마다 엄마께서는 내가 이를 잘 닦지 않아서 그렇다고 꾸중을 하신다. 그럴 때마다 난 하루에 3번 이를 잘 닦겠다고 결심을 하지만 잘 지켜지지 않았다.

나는 이를 쓰는 것을 계기로 삼아 이를 열심히 닦겠다고 다시 한 번 굳은 결심을 한다.

상처투성이고 시커먼 이를 예쁘고 건강한 이로 만들어 다시는 치과에 가는 일이 없도록 할 것이다.

이렇게 써보세요

글 쓰고 난 후 다듬고 또 다듬어라

- 동시는 노래하듯 자연스럽게 표현… 일상 속 메모 습관도 필요 -

저녁 무렵부터 서쪽 하늘에 먹구름이 일더니 갑자기 폭우성 소나기가 천둥을 동반한 채 한바탕 쏟아집니다. 나는 큰 창문을 열고 마당을 바라보며 쏟아지는 비를 바라봅니다.

토란 잎사귀에 빗물이 모였다가 은구슬처럼 흘러내립니다. 그 옆의 호박잎도 살랑거리며 머리를 조아리고 토란 잎사귀에 말을 겁니다.

문득 대학시절 문학시간에 학우가 교수님에게 던졌던 질문 하나가 떠오릅니다. 무섭게 소나기가 쏟아지던 그 때 강의실에서 교수님은 "좋은 시를 어떻게 씁니까?"라는 학생의 질문에 학생들에게 "장마와 관련된 시어를 하나씩 말해 보라."고 주문합니다. 친구들은 처음에는 좀 머뭇거렸으나 곧 그 의도를 알아채고 "우비, 장화, 우산"등을 대답합니다. 교수님은 말없이 칠판에 그 단어들을 받아씁니다. 그러다가 한 친구가 "도롱이" 이렇게 대답합니다.

갑자기 강의실은 웃음바다가 됩니다. 그러자 교수님은 "그렇지. 매우 좋아. 그런 시어 말이야. 비올 때의 행동도 괜찮고, 비가 올 때 나타나는

111

모든 행동이나 표정 등도 다 괜찮지." 이렇게 대답합니다. 그러자 학생들은 "젖은 양말", "머리에 신문지를 쓰고 뛰어가는 행인", "비에 젖은 덕수궁 돌담길", "긴 머리 젖은 소녀", "비에 젖은 전봇대" 등 쉴 새 없이 단어를 쏟아냅니다. 그런 단어들이 칠판 위에 빼곡하게 씌어집니다. 그리고 교수님은 "여기에 있는 단어들을 서로 연결해봐. 이렇게 서로 일관성 있게 관련된 언어들로 자연스럽게 시를 쓸 때 비로소 작품이 탄생되는 것이지. 억지로 만들려고 하면 점점 시에서 멀어만 가지".

필자는 글을 쓸 때마다 노교수의 이 강의를 늘 생각합니다. 장마에 관한 글을 쓸 때 '비가 온다' 라는 것을 한마디도 말하지 않고 글 전체가 비에 젖어있는 시어를 사용하여 표현을 함축적으로 나타낼 때 비로소 그 작품은 성공적으로 접근하고 있다는 생각을 합니다.

동시도 같은 이치입니다. 억지로 만든 시가 아닌 감동의 표출로서 가슴에서 우러나온 감정을 자연스럽게 노래해야 합니다. 그래야만 내적으로 생명이 깃든 시라고 말 할 수 있습니다.

'권오삼' 동시작가는 "특히 동시는 표현이 단순 소박하고 솔직하며 읽으면 감동이 느껴져야 한다."고 말하면서 "좋은 동시는 참되게 느낀 참된 시로 마음속에서 우러나온 말로 씌어진 시이며, 따라서 사물 + 감동 = 새로운 것, 신기한 것, 아름다운 것 등, 사물을 감동이 깃든 눈으로 봄으로써 그것이 처음 발견된 것처럼 싱싱하게 새로운 존재로 우리에게 비치게 해 주는 시가 좋은 동시라고 할 수 있다."고 말했습니다.

이번에 본지에 실린 작품을 읽으면서 「버섯집」(화천 풍산초4 최호빈) 학생의 작품이 눈에 끌립니다. 어린아이의 순수성과 궁금증 그리고 솔직함이 잘 나타나 있습니다. 그리고 소재를 이끌어내는 상상력을 높이 사고 싶고, 작품이 화려하지 않더라도 아이답게 그 세계를 잘 표현하고 있습니다. 그러나 덧붙인다면 마지막 연에서 긴장미가 좀 떨어지는 느낌이 있습니다. 글을 다 쓰고 난 후에 '좀 더 다듬었다면' 하는 아쉬움이 남습니다. "천 번 생각하고 만 번 다듬는다"는 말이 있듯이 작품을 완성하기 위해서는 마지막 과정이 중요함을 잊지 말기를 조언합니다.

그리고 「무지개」(고성 간성초4 송은이)는 동시의 리듬이 잘 나타나 있고 정서적으로 안정미를 보이고 있습니다. 마치 글쓴이의 마음을 훔쳐보기라도 하듯 그 마음의 서정미가 잘 풍기는 글입니다. 그런데 한 가지 문제점은 제목인 무지개를 글 전체에서 무려 다섯 번이나 사용하고 있다는 점입니다. 이렇게 같은 단어를 반복하여 사용하면 작품 전체가 지루해지고, 긴장미가 떨어집니다. 어떤 유명 작가는 '절대로 한번 사용한 시어는 두 번 쓰지 않는다'라는 원칙을 세우고 실천하기도 하고 '제목을 본문 글에서 절대 사용하지 않는다'라고 말하기도 합니다. 이런 점들을 참고하길 바랍니다.

동시 「간장밥」(고성 간성초5 김준환)과 「건강한 이를 만들 거예요」(횡성 우천초4 김성민)을 살펴보면, 두 작품은 생활을 통해 나타난 경험을 글로 잘 표현 했습니다. 이런 점들이 매우 중요합니다. 학생들이 일상생활에서 나타나는 여러 가지 경험들을 세밀히 관찰하고 그 특징과 감동을 메모했다가 그런 소재를 테마로 글을 쓰는 것은 글 쓰는 사람들에게 기본이 됩니다. 전문 작가들도 항상 메모지를 가지고 다닌다는 사실을 염두에 두십시오. 두 학생의 이런 글 쓰는 자세는 매우 큰 귀감이 됩니다. 마치 그림을 그리기 전에 밑그림으로 스케치를 하듯 느낌과 감동이 올 때, 즉시 적어 놓는 습관은 창작력의 밑거름이 된답니다. 그러나 두 작품을 보면서 조언하자면 작품의 형상화에 더욱 노력해야 합니다. 적당히 끝마무리 하는 듯한 느낌보다는 새롭게 창의적으로 접근하는 노력이 중요합니다. 그래서 세상에 단 하나뿐인 자기 작품을 정말 명품으로 만들어야 하지 않을까요?

이제 여름 방학이 시작됩니다. 다양한 경험을 통하여 더욱 좋은 작품을 구상하고 써보기를 당부합니다. 다음 세대에 노벨문학상은 여러분들의 몫이라는 원대한 꿈을 꿔 보기를 소망합니다.

(강원도민일보 2010. 07. 16. 10면)

(강원도민일보 2010. 07. 30. 10면)
동시

횡단보도 질서는 이렇게

김민경 / 횡성 우천초교 5학년

횡단보도는
위험한 곳 중 한 곳

무단횡단, 과속, 신호위반 등으로
사고가 일어나지요.
조심조심, 또 조심조심
확인 또 확인

빨간불이거나
초록불이 반짝일 때
건너지 말고

초록불일 때도 차가 오는지
확인하고 건너자.

자전거를 타지 말고
내려서 건너자.

우리 모두 질서를 잘 지키는
우천초교 학생이 됩시다.

115

동시

빈하늘

박수현 / 고성 인흥초교 5학년

하늘에 먹구름이
가득 모였네

먹구름이 온 세상 씻어주는
비가 되었네

먹구름이 떠난 빈 하늘에
무지개가 걸렸네

먹구름이 떠난 빈 하늘에
해가 웃다 가고

먹구름이 떠난 빈 하늘에
달이 살며시 왔다 가고

먹구름이 떠난 빈 하늘에
별이 웃음짓다 가고

자기 감정 더욱 솔직히 표현해야

- 맞춤법 · 띄어쓰기 등 기본에 충실한 글쓰기 연습 중요 -

폭염이 더해가는 여름방학 중에 이번에도 어린이들의 재미있는 동시를 읽을 수 있어서 행복했습니다.

필자가 매주 어린이들의 새로운 글을 보면서 잘 쓴 작품이나 다소 부족한 작품을 읽을 때에 가장 중요하게 보는 점은 글의 진실성입니다.

문장의 화려함과 기교를 먼저 보는 것이 아니라 글 가운데에서 얼마나 소재를 정확하게 이해하고 표현하려고 노력하는지를 봅니다.

그래서 어린이들이 글을 쓰기 전에 먼저 좋은 다른 작품들을 충분히 읽어야 합니다.

초등학교에서 선생님들이 어린이들에게 많은 작품을 읽히는 것도 같은 의미일 것입니다. 왜 그런 것인지, 영국의 작가 보들러는 다음과 같이 여덟 가지를 이야기 했습니다.

첫째, 어린이들이 자기의 감정을 자유롭게 표현할 수 있도록 해 주기 위함이다.

둘째, 어린이들의 감성세계를 더욱 풍부하게 해주기 위함이다.

셋째, 사물에 대한 올바른 이해와 날카로운 직관력을 갖게 해주기 위함이다.

넷째, 예리한 비판력을 길러주기 위함이다.

다섯째, 언어의 신비스러운 기능을 체득시키기 위함이다.

여섯째, 시를 통해 왕성한 생명력을 어린이들에게 부여해 주기 위함이다.

일곱째, 상상력을 길러 주기 위함이다.

여덟째, 시가 무엇인지를 알고 시를 읽는 기쁨을 맛보게 해주기 위함이다.

이렇게 여덟 가지를 제시하면서 동시에 좋은 감상 작품을 선택하는 것도 매우 중요하다고 이야기 했습니다.

본지에 실린 작품을 살펴보면, 동시 「횡단보도 질서는 이렇게」(횡성 우천초5 김민경) 학생의 글은 우선 소재의 특이성에 그 중요 무게를 두고 싶습니다. 보통 학생들의 작품의 소재는 자연현상이나 일상화된 사물에서 찾는 것이 일반적인데 이 학생은 도저히 시가 될 것 같지 않는 것에서 그 소재를 찾아내는 훌륭한 창의적 자질을 보여 주었습니다. 이 점이 매우 중요합니다. 사물을 먼저 보고 나름대로 자기의 세계를 통한 느낌이 전달되고 있습니다. 그리고 그 다음 단계로 중요한 점은 시의 형상화된 성숙도입니다. 표현하는 것만 중요한 것이 아니라 시의 아름다움과 정형화된 시의 운율과 리듬도 함께 생각해 주어야 합니다. 이런 부분을 생각하면서 동시를 쓴다면 더욱 좋은 작품이 나오리라 확신합니다.

다음으로 동시 「빈하늘」(고성 인흥초 5 박수현)을 살펴보면 우선 동시의 맛과 멋이 느껴지는 잘 쓴 시입니다. 전체적으로 주제가 분명하고 리듬감도 있으며 시어의 절제의 미도 보여주고 있습니다. 그런데 한 가지 조언하자면 특별한 자기만의 표현이 없다는 점입니다. 시작품의 구성을 보면 '먹구름' '비' '무지개' '해' '달' '별' 등 누구나 언제든지 보고 쓸 수 있는 언어입니다. 그러나 무리 없이 자연스럽게 잘 정리하고 있습니다. 그것이 강점인 동시에 약점일 수도 있다는 점을 유의하기 바랍니다.

그 밖의 작품들에서 공통적으로 나타나는 점은 동시를 쓰기 위한 마음의 준비가 부족하다는 느낌이 듭니다. 좀더 생각하고 깊이 있게 노력해야 되는데 마치 설익은 밥처럼 모양만 갖추었지 시가 되기에는 부족한 면이 보입니다.

어린이가 느낀 감정을 친구들이 이해할 수 있도록 자기감정을 더욱 솔직하게 표현해야 하는데 아직 미치지 못하는 점이 눈에 거슬립니다. 그래서 작품을 다 쓴 후에 반드시 여러 번 읽어서 완성미를 높이도록 최선을 다해야 합니다.

그리고 끝으로 맞춤법이나 띄어쓰기 연습도 게을리 하지 말아야 합니다. 맞춤법은 글쓰기의 기초입니다.

꾸준한 연습과 훈련을 통하여 더욱 좋은 작품을 쓸 수 있도록 더욱 노력하길 당부합니다.

(강원도민일보 2010. 07. 30. 10면)

(강원도민일보 2010. 08. 13. 10면)

동시

설악산

심소희 / 고성 간성초교 4학년

가을 설악산에 단풍이 짙게 물들었다네

다람쥐는 즐거워서 깡충깡충
사람들도 즐거워서 싱글벙글

개울가에 발 담그며
"아이 차가워"

케이블카 타고 즐겁게 왔다 갔다
높은 산이 나의 마음을 간질이네

단풍산이 나의 눈을 즐겁게 하네.

평화통일 밑거름이 되자

김왕영 / 고성 인흥초교 6학년

올해에도 우리 학교의 현관 밑에는 제비가 날아와서 집을 짓고 있습니다. 우리 학교는 전에 있던 학교 건물을 허물고 새 건물을 지었습니다. 전에 있던 학교 건물의 한쪽에 항상 봄이 되면 찾아와서 집을 짓던 제비가 전에 있던 건물이 없어지고 새 건물이 들어섰는데도 잊지 않고 올해에도 어김없이 찾아왔습니다.

이렇게 제비는 건물이 바뀌어도 세월이 변해도 변함없이 몇 백 리, 몇천 리를 찾아오건만 북쪽이 고향이신 우리 마을에 사시는 할아버지는 50여 년 동안 고향에 한번도 못 가셨습니다.

20대의 청년은 어느덧 노인이 되었고 50여 년 전에 헤어진 가족은 지금도 소식이 없습니다. 누가 이 할아버지 가족을 뿔뿔이 헤어져서 못 만나는 이산가족으로 만들어 놓았습니까?

얼마 전 이 할아버지는 또 한번 실망을 해야 했습니다. 남북이산가족 서신교환에서도 탈락되었고, 몇 차례의 남북이산가족 고향 방문단에서도 탈락되셨기 때문입니다.

우리 민족의 이산가족이 천 만 명이나 된다고 하는데 천 만 명의 이산가족이 우리 남측과 북측 정부에서 몇 달에 한 번, 몇 백 명씩 만나는 이산가족 상봉에서 만나려면 천 만 명의 이산가족은 언제다 만날 수 있을까요? 여든이 훨씬 넘으신 우리 동네 할아버지는 생전에 가족이나 만나실 수 있을까요?

가족이 있어도 만나지 못하고 부모가 있어도 마음대로 만나보지 못하는 불쌍한 이산가족을 위해서라도 하루 빨리 민족의 소원인 통일은 꼭 이루어져야 합니다.

그런데 우리의 소원인 통일은 대통령이나 정치인 등 어른들만의 노력으로 이루어지는 것은 아닙니다. 우리 초등학교 어린이들도 할 일이 있다고 생각합니다.

저는 어느 날, 유치원 동생들이 모래 장에서 두꺼비집을 짓고, 모래성을 쌓으며 놀고 있는 모습을 보고 저렇게 맥없이 무너지는 모래도 시멘트만 만나면 거대한 건물이 되고, 다리가 되고, 공장이 되는 것이 놀라웠습니다. 모래와 시멘트와 물이 잘 어울려져 단단해지듯 우리 어린이들도 어른들과 힘을 합친다면 튼튼한 통일의 밑거름이 될 수 있을 것이라는 생각이 들었습니다.

우리 어린이들은 통일을 위해 할 일이 무엇이 있을까요?

첫째, 물자를 절약해야 합니다. 저는 점심시간에 입맛에 맞지 않는 반찬이 나오면 선생님의 눈치를 살피다가 음식을 모두 쏟아버리고 군것질로 배를 채우는 일이 종종 있었습니다. 그러나 북한어린이들은 굶주림에 시달린다는 말을 듣고 음식이 입맛에 맞지 않다는 이유로 음식을 쓰레기로 버리는 일은 하지 말아야겠다고 생각했습니다.

둘째, 우리는 공부를 열심히 해야 합니다. 경제를 발전시키고 나라를 튼튼히 해야 할 미래의 주인공으로 부끄럼 없는 실력 있는 어린이가 되어야겠습니다.

셋째, 북한과 한국은 한민족 한겨레라는 사실을 잊어서는 안 되겠습니다. 단군의 자손이며, 앞으로 우리와 이 땅에 더불어 살아가야 할 동반자이므로 서로 사랑하고, 도울 줄 알아야 하겠습니다.

모래 한 알은 보잘 것 없지만 그것들이 모여 시멘트와 함께 거대한 건물을 이루듯 나 한사람의 실천은 비록 미약하지만 우리 모두가 함께 하는 마음으로 참여한다면 원래 한겨레였고, 서로 평화를 누리며 살던 우리 민족이 다시 하나 되는 날은 머지않아 올 것이라는 굳은 믿음을 갖고, 우리 모두 평화통일의 밑거름이 되어야겠습니다.

이렇게 써보세요

폭염으로 지친 몸 '독서'로 푸세요

- 글쓴이 진실함 묻어나야 좋은 글… 새로운 시어 찾기 노력 필요 -

불볕더위가 기승을 부리는 폭염의 계절입니다.

천혜의 아름다운 자연을 간직한 우리 강원도의 모든 계곡이나 바닷가 곳곳마다 전국에서 몰려든 피서 인파로 불야성을 이루고 있습니다. 본지 애독자들도 피서를 다녀오셨는지요.

필자는 지난주에 강원문학교육 연구회가 주최한 '제3회 강원교원작가상, 강원교원문학상, 강원학생문학상' 심사를 진행한 일이 있었습니다.

강원도내 전체에서 많은 학생들과 선생님들이 운문과 산문에 걸쳐 작품을 투고했는데 훌륭한 작품들이 많이 있었습니다. 심사를 함께 한 다른 분들과 수상작을 정하기에 어려움이 참 많을 정도였습니다.

우리 도의 학생들이 정말 열심히 문학 창작을 하는 것을 보면서 제 마음이 얼마나 설레었던지 이루 말 할 수 없었답니다. 작품을 읽으면서 더위가 다 사라져 버렸습니다.

창밖이 영상 32도를 넘는 불볕더위라 할지라도 작품을 읽고 있는 동안에는 학생들의 상상력에 도취되어 땀이 흐르는 것조차 잊어버리고 수백

편의 작품을 읽을 수 있었답니다.

읽으면서 글을 제출한 학생 중에 우리 지면에 글을 발표한 학생의 이름도 있어서 얼마나 기뻤는지요.

그리고 낯익은 이름들을 보면서 작품을 더욱 밀도 있게 감상하며 심사를 할 수 있었습니다.

바라건대 본지의 이 면을 통하여 많은 학생들이 문학을 익히고 또 체험하며 미래를 설계하는 큰 디딤돌이 되기를 바라는 마음입니다.

그래서 훗날 우리 고장의 대표작가인 김유정, 이효석, 한수산, 전상국, 이외수 등의 문학적 업적을 이어나가는 한국을 대표하며 세계적인 거장이 되기를 간절히 소망합니다.

이번에 본지에 발표된 운문을 살펴보면, 「설악산」(간성초4 심소희)은 전체적으로 주제가 분명한 작품입니다.

설악산과 단풍, 다람쥐, 케이블카 등을 조화롭게 표현하고 있습니다.

그러나 조언하자면 일반적인 표현에 그치고 있다는 문제점이 있습니다. 동시를 쓸 때 항상 염두에 둬야하는 사항은 모방이 아니라 창작이라는 사실입니다.

새로운 표현과의 밀접한 교감이 매우 중요합니다. 다른 사람들이 여러 번 표현 한 것을 그대로 옮겨 쓰면 설령 그것이 나만의 생각이었다 하더라도 시적 긴장미는 떨어집니다.

때문에 새로운 시어 찾기에 관하여 늘 공부하는 자세로 임해야 합니다.

산문 「평화 통일의 밑거름이 되자!」(고성군 인흥초6 김왕영)를 살펴보면, 글을 쓰는 기본이 잘 갖추어진 학생입니다.

접경지에 살고 있으면서 늘 환경적으로 자주 접하는 남북의 분단 상황을 설득력 있게 정리하고 있습니다.

산문의 중요 요소 중의 하나인 '독자의 마음 사로잡기'에 비추어 보면 글을 읽는 동안 전혀 지루함 없이 진지하게 읽을 수 있었습니다. 그 이유는 바로 글쓴이의 진실함이 담겨 있기에 가능한 일이라고 생각합니다.

더운 여름 날 덥다고 책을 멀리 할 것이 아니라 더욱 가까이하여 더위를 이겨 내세요.

(강원도민일보 2010. 08. 13. 10면)

(강원도민일보 2010. 08. 27. 10면)

동시

비 오는 날

임현빈 / 횡성 우천초교 5학년

맑다고 한 오늘 날씨
하지만 오후가 되니
비가 주룩주룩

집에 갈 일이 걱정이네.

의자가 나룻배가 되고
가방을 지붕삼아
필통으로 노를 저어
집에 간다면
비 한 방울 맞지 않고
집에 갈 수 있겠지.

동시

팽이치기

김성민 / 횡성 우천초교 4학년

빙글빙글 도는 팽이
어지럽지도 않나봐.

팽이가 아플까봐
안 때리면 넘어지고

채로 힘껏 때리면
더 빨리 돌고

때리는 수에 따라
바뀌는 팽이 속도

신기하고
재미있는 팽이치기

동시

우리 집

이미란 / 횡성 우천초교 5학년

저녁만 되면
재잘재잘
우리들은 참새가 되지요.

"애들아, 그만 좀 재잘거리렴!"
우리엄마 말씀하시지만
엄마 목소리 속에
우리를 사랑하는 마음이 가득
담겨 있지요.

"우리 공주님들! 아이구 시끄러워라!"
우리아빠 말씀하시지만
아빠 목소리 속에
우리를 사랑하는 마음이 가득
담겨 있지요.

저녁만 되면
"재잘재잘"
"하하호호"
웃음꽃 피는
화목한 우리집.

동심이 그대로 전해지는 글 써야

- 주변에서 새로운 특징 찾기 위해 노력… 구체적으로 이야기 구성 -

아직도 늦여름 폭염이 한창이지만 더위도 한 풀 꺾인다는 처서 절기도 지나갔습니다.

이제 조석으로 제법 서늘한 기운을 느끼게 되는 계절이 다가옵니다.

조금 더 지나면 농부들은 익어가는 곡식을 거둬들이고 쟁기를 씻고 닦아 둘 채비를 하겠지요.

어린이들은 잘 모르겠지만 옛 조상들은 처서가 지나면 따가운 햇볕이 누그러져서 풀이 더 자라지 않기 때문에 논 밭두렁이나 산소의 벌초를 하곤 한답니다.

그리고 가정에서 가장 중요한 일이 바로 여름 동안 장마에 젖은 옷이나 책을 말리는 일도 이 무렵에 했습니다.

눅눅해진 책을 그늘에서 말리기도 하고, 벼루나 먹 붓 그리고 갓이나 의관들을 정리하기도 했지요.

옛날에는 책이 매우 귀했기 때문에 가정에서는 무엇보다 먼저 책을 잘 관리하며 귀하게 보관했답니다.

그리고 농사를 지어 얻은 첫 수익으로 자식에게 책을 사주는 일을 아버지의 큰 보람으로 여기던 시절도 있었습니다.

그만큼 우리 민족은 학문과 배움을 좋고 글쓰기와 문인화를 즐기며 문향을 사랑하는 아름다운 민족이랍니다.

어쩌면 글쓰기를 즐기는 여러 어린이들이야말로 바로 조상으로부터 물려받은 것이 아닐까? 이런 생각을 해 봅니다.

글 읽고 쓰기 좋은 천고마비의 계절을 맞이하여 어린이 여러분들의 마음에도 문학의 새로운 도전이 생겨나기를 바라는 마음입니다.

이번 본지에 실린 작품을 살펴보면, 동시 「비 오는 날」(횡성 우천초5 임현빈)은 창작력이 돋보이는 잘 쓴 작품입니다.

마지막 행은 아무도 생각하지 못한 느낌을 어린이의 눈에 비친 그 마음 그대로 잘 표현하고 있습니다.

전혀 어색하지 않게 어린이의 마음이 그대로 전해지고 있습니다.

이것이야 말로 동시의 힘이며 가능성입니다.

동시를 잘 쓰려면 그 첫 번째가 우리 주변의 소재에서 새로운 특징을 찾기 위해 노력해야 합니다.

그리고 소재의 특징으로 이야기를 구체적으로 만들어야 합니다.

이런 면에서 비추어 볼 때 위 작품은 새로운 사실을 발견하고 그 느낌을 동시로 잘 묘사하고 있다고 생각합니다.

그러나 동시 「팽이치기」(횡성 우천초4 김성민)는 글 전개가 무리없이 잘 정리되어 있지만 새롭게 표현한 부분이 부족한 생각이 듭니다.

과거에 읽은 듯한 표현을 과감하게 자신만의 느낌으로 변화시키려는 노력이 필요합니다.

다른 동시를 살펴보면 「우리 집」(횡성 우천초5 이미란)은 가정의 화목한 모습을 잘 표현한 작품입니다.

행복한 가정의 느낌이 한 눈에 확 들어오는 모습을 잘 표현했습니다.

그런데 아쉬운 부분은 '우리를 사랑하는 마음이 가득 담겨 있지요'를 왜 반복법을 사용했을까? 하는 점이고 마지막 연에 '화목한 우리 집'으로 설명하지 않더라도 이미 독자들은 이미 눈치 챈 것을 굳이 설명한 점이 아쉽습니다.

좋은 시는 설명하지 않더라도 더 깊이 감동적으로 깨달을 수 있도록 써야지만 한다는 점이 작가들의 시 창작의 고뇌랍니다.

다가오는 가을에 어린이 여러분의 깊은 사색을 통한 글쓰기를 시도해 보세요.

(강원도민일보 2010. 08. 27. 10면)

(강원도민일보 2010. 09. 10. 10면)

독후감

'마당을 나온 암탉'을 읽고

박윤아 / 홍천 매산초교 5학년

나는 처음 이 책을 도서관에서 빌려올 때 슬픔과 감동이 어우러져 있는 책이라고는 상상도 못했다. 그저 암탉이 양계장의 철창을 벗어나 자유로운 마당까지 탈출하는 과정이 글로 담겨있을 것이라고 생각했다. 하지만 이 책을 읽어보니 사서선생님이 추천해 주신 책답게 아름다운 이야기를 담고 있었다.

평범한 난용종 암탉이 스스로 잎사귀를 좋아해서 지은 잎싹이라는 이름을 가지면서 점점 특별한 생각을 하게 된다. 특히 알을 품겠다는 소망이 가장 간절했다. 나는 이 부분을 읽으며 다행이라는 생각이 들었다. 만약 알을 품어도 병아리가 생기지 않는다는 사실을 잎싹이 알았다면 그 순수한 꿈은 사라졌을 것이기 때문이다.

행운인지 불행인지 잎싹이는 그 뒤로 어미없는 알을 발견한다. 그리고 그 알이 청둥오리의 알이라는 사실을 알게 된다.

만약 내가 잎싹이었다면 그 알을 품어주지 못했을 것이다. 자신과 종족이 다른 새의 알을 어떻게 그리 쉽게 품어줄 수 있었을까?

하지만 잎싹은 그 일을 해냈다. 어미를 잃은 불쌍한 청둥오리의 알을 열심히 품은 것이다. 하지만 불행하게도 알의 부화가 다가올 즈음에 알의 어미인 청둥오리가 족제비의 먹이가 된다. 난 이 부분에서 잎싹이와 함께 눈물을 흘릴 수밖에 없었다.

잎싹이가 정성껏 품어서 태어난 청둥오리의 새끼인 초록머리는 마당 식구에게 잡혔다가 풀려난다. 하지만 잡혀있을 당시 묶여있던 끈 때문에 청둥오리 무리에서 따돌림을 당한다. 사람이었다면 손으로 쉽게 줄을 풀어버렸겠지만, 손이 없는 잎싹은 밤새도록 부리로 초록머리의 발목에 매어있는 끈을 쪼아댄다. 나는 이 부분에서 초록머리를 사랑하는 잎싹의 마음을 느낄 수 있었다.

끈을 잘라내자 초록머리는 청둥오리 무리에서 훌륭한 파수꾼이 된다. 파수꾼이 된 초록머리가 무리와 함께 떠나버리고 떠돌이가 된 잎싹은 결국 굶주린 애꾸눈 족제비와 그의 새끼들을 위해 자신을 희생한다.

나는 이 책을 읽으면서 뜻깊은 교훈을 얻었다. 그것은 나름대로의 꿈을 가지고 그 꿈을 위해서 노력을 해야 한다는 것과, 남을 위해서 희생할 줄도 알아야 한다는 것이었다. 앞으로 나는 아무리 싫어하는 생명체라도 소중하게 여겨야겠다고 다짐했다. 또한 자기가 낳은 알은 아니지만, 사랑으로 알을 품고 초록머리 다리에 묶인 족쇄같은 줄을 밤새 쪼았던 잎싹의 모습에서 어머니의 사랑을 느꼈다.

나는 이렇게 감동적인 책을 지으신 황선미 선생님과 이 책을 추천해주신 민현숙 선생님께 감사하는 마음을 전하고 싶다. 또한, 이 책을 아직 읽어보지 못한 친구들에게 꼭 읽어보라는 바람을 전하고 싶다.

기행문

천년고도 경주를 다녀와서

정연우 / 속초 영랑초교 5학년

2010년 어린이날 때 우리가족과 함께 경주를 갔다. 나는 경주에서 불국사, 석굴암, 첨성대, 안압지, 선덕여왕묘 등을 보았다. 처음에는 무척 기쁘고 설레었지만 무박으로 다녀와서 그만큼 무척 힘들었다. 거기다 온도가 무척 높아 날씨가 더웠다.

불국사에서는 10원 짜리 동전에 나오는 다보탑, 석가탑이 있었고 절이 너무 많아 복잡하였다. 석굴암은 산 높이 있어 구불구불 차를 타고 한참을 올라갔다. 올라간 맨꼭대기 석굴암에는 부처님이 계셨는데 이마가 반짝거렸다. 자세히 보니 무언가가 있었다. 원래 부처님 이마에는 보석이 있었다고 한다. 그런데 일본사람들이 그 보석을 빼갔다. 그 보석은 해가 뜰 때 그 햇빛이 반사되어 동해까지 빛이 온다고 들었다. 그런 멋진 보석을 빼가다니 정말 일본은 용서할 수가 없다.

우리는 다시 안압지로 향했다. 안압지는 호수같이 아름다운 곳이었다. 그때는 봄이라 온갖 꽃들이 호수 주변에 피어서 무척 예뻤다. 호수와 꽃의 만남은 아주 잘 어우러졌다. 그곳에 있으면 떠나기 싫었다. 그런데 자세히 들여다 봤더니 안압지의 물 색깔이 조금은 탁했다. 나는 안압지의 물 급수가 1급수인줄 알았다. 그래서 조금은 실망하였다. 주변에 핀꽃처럼 물도 맑고 깨끗했으면 얼마나 더 좋았을까 하는 생각이 들었다.

첨성대는 보기보다 컸다. 왜냐하면 나는 지금껏 첨성대를 사진으로만

봤기 때문이다. 난 첨성대가 별을 관측하는 곳이라고는 배웠지만 나의 상상은 첨성대 안에 들어가서 별을 관측하는 줄 알았더니, 내 상상은 비껴 나갔다. 첨성대에는 문이 없었다.

"그럼 사람은 어떻게 들어가서 별을 관측했을까?" 이런 생각도 해 보았다. 선덕여왕 묘는 엄청 컸다. 왕이어서 그런지 좋은 곳에 자리도 잡혀 있었다. 얼마 전에 끝난 드라마 '선덕여왕'에서 비록 여자 임금이지만 신라를 사랑하며 정치를 바르게 했던 훌륭한 선덕여왕 모습이 떠올랐다.

나는 '신라'라고 생각하면 먼저 화랑이 떠오른다. 화랑은 신라 때 청소년 민간 수양 단체이다. 신라가 삼국을 통일하는데 공로가 큰 사람들이다. 게다가 우리 초등학교 앞에는 영랑호가 있다. 전설에 따르면 4명의 화랑이 금강산에서 수련을 하고 오던 길에 영랑호에 들렀다. 그 중에 영랑이라는 화랑이 아름다운 영랑호 경치에 반해 며칠 더 머물렀다고 했다. 그 전설을 유래로 화랑 영랑의 이름을 써 지은 영랑호에는 4명의 화랑 동상이 영랑 호숫가에 서 있다. 그 화랑들 모습이 늠름해 보였다. 경주에 와서 신라를 통일 시킨 화랑을 생각하다가 보니 내 고향 속초 영랑호에 서있던 4명의 화랑 동상이 문득 생각이 났다.

무박으로 속초에서 경주까지 갔다 오느라고 피곤했다. 그리고 경주에 있는 신라시대 유적지와 유물을 하루 만에 다보지 못했다. 다음 기회에 식구들끼리 시간을 내어 차근차근하게 삼국을 통일한 신라의 서울 경주를 다시 한 번 더 봐야 되겠다는 생각이 들었다. 짧은 기간이었지만 교과서에서만 배우던 것을 직접 보고 많은 것을 느끼게 한 보람된 여행이었다.

책 줄거리 모두 설명하지 않아도 돼요
- 독후감 특별히 감동적인 부분만 표현할 수도 있어 -

춘천에서 열렸던 2010춘천국제연극제가 폐막했습니다. 지난 열흘 동안 춘천에서는 세계레저총회와 닭갈비 막국수축제도 동시에 열려서 시민들과 수많은 관광객들은 초가을 풍성한 축제를 즐기며 행복한 시간을 보냈습니다. 필자는 바쁜 일상 중에도 국제연극제 작품들을 몇 편 보았습니다.

그 중에서 기억에 남는 작품이 러시아의 대 문호 안톤 체홉의 작품 '숲 귀신(연출 전훈 교수-서울예술종합학교)'입니다.

안톤 체홉의 탄생 150주년을 기념하기 위해 번역과 연출을 동시에 작업한 전훈 교수는 러시아에서 정통 연극을 공부한 연출자답게 감각으로 통한 멜로 드라마를 훌륭하게 소화하고 있었습니다. 한국연극의 메카인 대학로에서도 늘 관객들을 매료시키는 전훈 교수의 연극을 춘천에서 감상하게 되어 필자는 매우 감개무량했습니다. 그러면서 셰익스피어의 작품과는 또 다른 체홉의 작품을 춘천 무대에서 만나게 된 것을 아마 오래도록 기억할 것 같습니다.

체홉의 작품에는 관객들과 무리 없이 만날 수 있는 공감대가 있으며, 인간 삶의 진실한 모습들이 배우의 연기를 통하여 그대로 관객들에게 전달됩니다. 다시 말하면, 우리들의 모습과 닮아있는 또 다른 내가 무대 위에 서 있다는 착각이 들 정도로 극 중에 매몰되기도 했지요.

그리고 또 하나 놀란 것은 새로 세운 '몸짓 소극장'에는 연극을 감상하려는 관객들이 객석을 가득 채웠고, '좌석 매진'이라는 입간판을 보면서 필자는 우리고장의 자긍심이 우러나기도 했었답니다.

필자는 연극을 보면서 우리 강원도의 어린이들을 생각했습니다. 시골에 있는 어린이들에게도 이런 연극을 보여 줄 수 없을까? 그러면 많은 어린이들이 꿈과 창작력이 자라나 셰익스피어나 체홉보다 더 위대한 작가가 탄생될 터인데 하는 안타까운 생각을 해 보았답니다.

지금까지 본 지면에는 주로 동시나 산문, 독후감 정도의 작품이 실렸지 단 한편의 희곡도 싣지 못했습니다. 바라기는 어린이들이 다양한 경험과 독서를 통하여 우리지역에서 장래에 훌륭한 극작가가 탄생되기를 소망합니다.

본 지면의 작품에서 이번에는 산문 작품에 대하여 조언하도록 하겠습니다.

우선 독후감 「마당을 나온 암탉을 읽고…」(매산초5 박윤아)는 글 정리와 자기의 느낌이 매우 잘 정리되어 있습니다. 책을 읽게 된 과정과 읽은 후에 받은 감동 그리고 중요한 줄거리, 그리고 교훈 등을 매우 자연스럽게 잘 쓴 글입니다. 일반적으로 학생들이 쓴 독후감을 읽어 보면 줄거리만 소개하는 경우를 많이 보는데 박윤아 학생은 구조면에서도 조화롭게 잘 서술했습니다.

여기에서 한 가지 조언한다면, 독후감이라고 해서 글 전체 내용에 대하여 모두 다 설명을 해야 하는 것은 아닙니다. 책을 읽으면서 특별히 감동적인 부분을 조명하여 깊이 있게 그 부분만을 확대하여 표현할 수도 있다는 사실을 염두에 두어야 합니다.

그리고 또 다른 면을 소개하면, 작가의 의도와 내 생각이 반드시 같아야 하는 것은 아닙니다. 만약 다른 의견이 있다면 논리적으로 그 차이를 서술하기 위하여 또 다른 관련도서를 읽고 조사해야 합니다. 이 모든 것들이 독서의 즐거움 중의 하나입니다.

다른 작품 산문 「경주를 다녀와서」(속초 영랑초5 정연우)를 살펴보면 글 전체적으로 글쓰기에 자질이 풍부한 학생이라는 생각이 듭니다. 여행을 하면서 느낀 점과 역사성을 비교하며 이야기의 깊이를 더하고 있습니다.

참고로 조언하자면 기행문을 잘 쓰려면 반드시 여행지에 대한 예비지식을 미리 알아두어야 합니다. 그리고 현지에서 본 것들을 순간적으로 메모하는 습관을 가져야 합니다. 그리고 그 지방의 사투리나 방언 등의 차이점을 기록하면 여행기에 큰 도움이 된답니다.

이제 가을입니다. 여행을 통하여 어린이들도 마음의 양식을 키워 보세요. 꿈은 반드시 이루어집니다.

(강원도민일보 2010. 09. 10. 10면)

(강원도민일보 2010. 09. 24. 10면)
동시

즐거운 학교 행복한 교실

정다해 / 홍천 주봉초교 2학년

학교 생각만 해도
너무 신나고 즐겁다.
학교만 오면 편하고 행복하다.
나는 학교가 좋다
선생님도 만나고
친구들도 만나고

알록달록 우리교실
우리들이 만든 작품으로 가득

토끼도 뛰고
강도 달리고
동산도 있고
그 속에 우리도 있다.

그래서 즐거운 우리학교
그래서 행복한 우리교실

동시

재롱잔치

박훈서 / 횡성 우천초교 3학년

다섯 살인 내동생
참 귀엽다.

떼쓸 땐 밉지만
춤출 땐 나비 같다.

엄마가 동생 돌보라
하실 땐
내가 막내였음 싶지만

실눈 되어
하하하
웃는 모습에
내 생각 들킨 거 같아
미안해진다.

다섯 살인 내동생
여덟살에
오빠 손 잡고
학교 간다고
날마다 달력에
동그라미 친다.

책 한 권의 비밀

김태희 / 원주 북원초교 6학년

　나는 방학이 되어 도서관을 갔다. 도서관 문을 여니, 책 냄새와 함께 많은 책들이 나를 반겼다. 빨리 책을 읽고 싶다는 마음에 책이 꽂혀 있는 책꽂이로 향하였다. 도서관에 있는 아주 많은 책 중에, 오늘은 왠지 빳빳한 책이 많은 것 같았다.

　나는 '새 책이 들어 왔나보네!'하는 생각을 하며 들뜬 마음으로 열심히 책을 골랐다. 책을 고르던 중, 「세상을 바꾸는 아이들」이라는 책이 눈에 띄었다. 책꽂이에서 그 책을 빼내어 표지를 보니 너무 마음에 들었다. 그 이유는 책의 표지에 '우리 아이가 바로 세상을 바꿀 아이'라는 문구가 적혀 있었기 때문이다. 그 문구를 보고, 빨리 책을 읽고 싶단 생각에 얼른 그 책을 빌려 얼른 집으로 돌아왔다. 나는 점심을 먹을 시간이라는 것도 모른 채 그 책을 열심히 읽었다.

　「세상을 바꾸는 아이들」은 절대 이룰 수 없는 일이라고 편견을 가지고 있는 것들에 과감히 도전하는 용감한 아이들의 이야기를 담은 책이다. 이 책은 유난히 나에게 많은 깨달음을 주었다. 나는 이 책을 읽으면서 깨달은 점을 생각해 보니 그 중에는 '당연한 거니까.'하며 정말 대수롭지 않게 생각했던 것들을 다시 일깨워 주는 내용이 많은 것 같다. 그래서 이 책은 기본적인 것들이 잊혀지려 하는 사람들이 읽으면 좋을 것 같다는 생각이 들었다. 어쩌면 다른 사람들은 내가 깨달은 점을 보거나 듣고 '저건 너무 당연한건데 저걸 이제서야 깨달았어? 저 책을 읽고 깨달았다는 게 저것 뿐이야?'라고 하며 비웃을 수도 있다. 하지만 나는 기본적인 것들에 대해 따로 생각해 본 적이 없기 때문에 이 책을 읽음으로써 더욱 절실히 깨달을 수 있었던 것 같다. 그 중에서 정말 '이건 너무 기본적인 것이고 중요한 것이라 꼭 알고 있어야 할 것 같다!'라고 생각 할 만한 것을 3가지만 정해보았다.

내가 정해 본 것 3가지 중에서 가장 중요하다고 생각 되는 것은 '가족의 소중함'이라는 생각이 들었다. 그 이유는 두 가지인데, 그 중 첫 번째 이유는, 이 책에 나오는 아이들이 많은 고비를 넘기고 성공을 할 때 그 곁에는 가족이 있었으며 가족이 도와준 만큼 좋은 결과가 나왔는데, 반면에 가족이 없거나 가족과의 다툼이 있었던 아이들은 모두 불행해 보였기 때문이다. 또 그 두 번째 이유는 이 책을 읽고 나서 '내게 가족이 없으면 어떨까?', '내게 가족이 있어서 좋은 점은 무엇일까?'하고 생각해 보았는데 생각해 본 결과 나의 모습이 너무 처참해 보였기 때문에 '가족이 있으면 너무나 행복하고 감사한 것이구나….'하고 잊혀지려 했던 것을 다시 한 번 깨우칠 수 있었기 때문이다.

나는 이번에 이 책을 읽고 느낀 가족의 소중함이 왠지 새로운 느낌으로 다가 온 것같아 기분이 좋았다. 생각해 보니, 솔직히 나는 나도 모르게 '가족은 나에게 도움을 주기 때문에 소중한 것이다'라는 생각을 갖고 있었던 것 같았다. 그래서 항상 가족들에게 더욱 더 많은 것을 바라기만 했었던 것 같은데 이제 가족의 소중함을 다시 한 번 깨우쳤으니까 나는 정말 가족들에게 도움이 되는 사람이 되어야겠다는 생각이 들었다.

내가 이 책을 읽고 가장 중요하다고 생각 한 것 3가지 중 2번째는 '친구의 소중함'이다. 이 책에서는 4학년 때부터 단짝이었던 '나'와 '패티'가

중학교 2학년이 되어 다툼을 한 이야기가 나온다. 나는 이 이야기를 읽으면서 왠지 공감이 되었다. 그 이유는 나도 6학년이 되어 단짝친구와 다툼을 하였기 때문이다. 보통 사람들은 어떤 아이들이 다툼을 한 얘기를 들으면 중요하게 생각하지 않고 그냥 지나가기 일쑤일 것이다. 하지만 나는 최근에 친구와 다툼을 직접 했기 때문에 그런 일에 대해 다시 한 번 더 생각하게 되는 것 같다는 생각이 들었다. 나는 이런 생각들을 하면서 '역시 뭐든지 직접 겪어 보아야 가슴으로 느낄 수 있는 것이구나….'하는 생각이 들었다. 나랑 단짝친구와의 다툼이 있고나서 며칠 동안은 뭔가 허전한 것 같았다. 하지만 시간이 지날수록 다른 아이들과도 재미있게 놀고 싶어졌다. 나는 변하는 나의 마음을 심히 걱정하고 있었는데 이 책에 나오는 아이의 어머니께서 '사람들은 끊임없이 변하기 때문에 친구가 바뀐다는 것은 극히 정상적인 일'이라고 하였다. 그 문장을 읽고 왠지 안심이 되는 것 같아 마음이 편해졌다. 나는 앞으로 친구들과 많은 일을 겪게 되겠지만 되도록 친구들과의 다툼은 일어나지 않았으면 좋겠다는 생각이 들었다. 그래서 앞으로는 친구들에게 상처가 될 만한 말은 되도록 하지 않으며 다툼의 원인이 되는 일은 하지 말자고 마음속으로 굳게 다짐을 하였다. 그런 다짐들을 하면서 다시 한 번 친구의 소중함을 깨닫게 되었다.

내가 중요하다고 생각한 것 3번째는 '무엇이든지'이다. 내가 이 세상 사람들에게 '무엇이든지'라고 말 한 마디만 툭 던져 놓으면 대부분의 사람들은 그 뜻을 알아내지 못할 것이다. 물론 나도 처음에는 '무엇이든지'의 뜻을 잘 알지 못하였다. 하지만 이 책을 읽은 후 '무엇이든지'의 깊은 뜻을 알게 되었다. 이 책에서는 '칼 말론'이라는 아이가 나온다. 이 아이는 어려운 환경에서 자랐지만 그런 것에 신경쓰지 않고 흥미를 갖고 있는 운동인 농구 연습을 열심히 하여서 결국 농구선수가 되었다. 나는 이 이야기를 읽고 감동을 받게 되었다. 나는 '내가 만약 힘든 처지였다면 먼저 짜증부터 내고 모든 것을 포기하려 했을 텐데 '칼 말론'이라는 아이는 어떻게 열심히 연습에 집중을 할 수 있었을까?'라는 생각을 해 보았다. 대부분 사람들은 '저건 절대로 할 수 없는 일이야.'라고 하며 편견을 갖고 있는 것이 하나쯤은 있기 마련이다. 그렇기 때문에 만약 내가 정말로 어려운 처지였다면 '난 무엇을 해도 이젠 성공할 수 없어….' 이런 편견을 갖고 살아갔을 것 같다. 하지만 칼 말론은 나와 달랐다. 원하고 있는 것을 향해 열심히 달려 나갔다.

나는 '칼 말론'이라는 사람이 열심히 연습을 하여 꿈을 이루어 낸 이야기를 읽고 '무엇이든지'의 뜻을 알 수 있었다. 결국, '무엇이든지'란, '내가 죽도록 원하는 일이라면 이루어 낼 수 있다'라는 뜻을 가지고 있었던 것이었다. 나는 '칼 말론'이라는 아이의 이야기를 듣고 어떤 일을 이루어 내고 싶다는 결의를 다지고 그 일에 대해 열심히 연구하며, 열심히 노력한다면 무엇이든지 이룰 수 있다는 뜻을 가지고 있는 '무엇이든지'라는 말이 너무 절실히 느껴졌다. 내가 '무엇이든지'라는 말을 중요한 것 3번째로 정하게 된 데에는 또 다른 한 가지 이유가 있다. 그 것은 바로 '칼 말론' 어머니의 말씀이다. 칼 말론 어머니께서는 칼 말론에게 일이 아무리 힘들어도 그것 때문에 죽지는 않는다는 것을 가르쳐 주셨다. 나는 그 말이 너무 인상 깊어 '무엇이든지'라는 말을 가슴 속 깊이 새겨두었다.

나는 이 책을 읽고 깨달은 점이 많아 아주 기쁘다. 이 책을 읽으면서 책은 비밀문서 같다는 생각을 했다. 그 이유는 책 한 권을 읽음으로 인해 많은 깨달음을 얻을 수 있기 때문이다. 한 장 한 장 넘길수록 많은 것을 얻게되는 책은 하나의 비밀문서 같다. 앞으로도 작가분들이 아이들에게 깨달음을 얻게 해 주는 비밀문서 같은 책을 많이 써 주셨으면 좋겠다.

책 내용 소개 때 자신의 생각도 함께 적어 보세요

- 독후감 쓸 때 일반적 형식에 얽매일 필요 없어 -

지난 토요일 소양강댐 정상에서는 뜻 깊은 행사가 있었습니다.

'제4회 물사랑 詩축제' 행사 중 하나로 '소양호의 가을 그리고 詩'라는 주제로 우리나라의 대표적인 시낭송 문학 모임인 춘천의 '수향시 낭송회'와 '한국수자원공사 강원본부 소양댐관리단'이 공동으로 연합하여 진행한 가을서정이 가득한 모임이었습니다.

가수 박산이의 사회로 진행된 이 행사는 금관 5중주의 합주로 시작되었는데, 회원들의 시와 음악 그리고 청소년힙합그룹 팝스토리의 공연 등이 어우러졌고, 정현우 시인과 철가방프로젝트의 포크송 등이 곁들여졌습니다.

소양댐을 찾은 관광객과 청평사 등으로 산행에 나선 이들은 뜻밖의 공연을 보면서 흥겨워하며 잠시 쉬어가는 사람들로부터 아예 배낭을 벗어 놓고 자리를 잡고 끝까지 지켜주는 사람도 있었습니다.

여러분 한번 생각해 보세요. 맑은 가을 하늘과 서정 깃든 풍경. 그리고 산행에 나섰다가 우연히 함께한 이 자리에서 시를 음미했고, 50대의 중

년들은 학창시절에 애창했던 지나간 70년대 포크송을 따라 부르며 마음을 열었습니다.

우리들은 분명히 알지요. 그 열린 마음속에는 아름다운 자연의 향기가 스며들어가 건강과 마음이 모두 청명해지지 않겠어요?

문학의 힘은 어른들을 어린이로 만들기도 하고, 어린이를 멋진 어른으로 성장시키기도 하는 거름이자 뿌리랍니다.

옆에 앉아있던 관중 한 분이 신이 났던지 일어나서 어울렁 더울렁 어깨를 들석이며 춤사위를 보입니다. 숙녀 한 분도 옛적에 배웠던 솜씨 있는 손짓으로 운율에 따라 몸을 움직입니다. 아주머니 한 분이 소양댐 근처에서 구입한 산더덕을 씻어와서 맛을 보라며 나눠주기도 하고, 다른 분은 군밤을 나눕니다. 참으로 아름다운 풍경입니다.

이런 모습을 보면서 자연을 최고의 선물로 받은 우리 강원도민의 마음이라는 생각을 했습니다.

문학은 사람의 마음을 바꿔주는 큰 힘을 가지고 있으며, 필자는 본지 애독자인 우리 어린이들도 자라서 훌륭한 어른이 될 수 있다는 믿음을 갖고 있답니다.

이번 본지에 실린 작품들을 감상해 보겠습니다.

「즐거운 학교 행복한 교실」(홍천 주봉초2 정다해)을 살펴보면 2학년 학생임에도 불구하고 학교생활의 즐거움을 너무나도 잘 표현했습니다. 문학적 자질이 뛰어난 학생이라는 생각이 듭니다. 자신의 눈에 비친 학교생활의 즐거움을 솔직하게 표현하고 있습니다. 어려운 단어나 지나치게 억지 과장도 없이 자연스레 그 마음을 표현한 점이 동시의 우수한 강점 중에 하나라는 사실을 꼭 염두에 두기를 바랍니다. 만약 중학교 3학년 학생이 이렇게 썼다면 매우 유치한 작품일 수 있으나 초등2년 학생의 시선으로 바라본다면 이 작품을 통하여 독자 모두는 아홉 살 여자아이로 바뀔 수도 있답니다.

　한 가지 조언한다면 항상 새로운 표현에 대하여 특별한 느낌을 가지는 연습을 해야 합니다. 이 작품에서 본다면 '알록달록 우리교실' 이런 표현은 좋은 시어라는 생각이 듭니다.

　그리고 「재롱잔치」(횡성 우천초3 박훈서)를 보면 여기에서는 마지막 연의 '다섯 살인 내동생 / 여덟살에 / 오빠 손잡고 / 학교 간다고 / 날마다 달력에 / 동그라미 친다'라는 표현은 참 잘쓴 글이고 가능성이 돋보이는 표현입니다.

　그리고 「책 한 권의 비밀」(원주 북원초6 김태희)은 오랜만에 독후감 모범답안을 보는 듯하여 기쁩니다. 글의 전체적인 개요와 과정 그리고 느낌 까지도 잘 정리한 작품입니다. 일반적으로 책의 줄거리만 쓰는 경향에서 벗어나 나름대로 책의 내용과 자기의 생각들을 적절하게 잘 조화롭게 묘사하고 있습니다.

　독후감은 일반적인 형식은 없으나 '책을 읽게 된 동기, 책의 개략적 내용 소개, 독서 후의 감상, 교훈' 등의 순으로 적게 되나 꼭 그것에 얽매일 필요는 없습니다. 책을 읽게 된 동기는 오히려 적지 않는 것이 글을 간결하게 만드는데 도움이 되기도 하지요. 좀더 성숙된 글이라면 글의 내용 소개와 글에 대한 자신의 생각을 함께 적어나가는 것이 가장 보기가 좋답니다.

　앞으로 더욱 정진하길 바라면서, 한가위 추석명절도 잘 보셨길 바랍니다.

(강원도민일보 2010. 09. 24. 10면)

(강원도민일보 2010. 10. 08. 10면)
동시

잠깐

용경진 / 홍천 구송초교 6학년

잠깐 나무에 몸을 맡기고
고개를 치켜드니
춤추는 나뭇잎들 사이로
흘러가는 새하얀 양 떼.

계속 보고 있자니
나도 왠지 덩달아
구름 위를 걷는다.

잠깐 바위에 걸터 앉아
밤 하늘을 바라보니
별들은 자장가를 부르고
달은 바람을 연주해.

계속 보고 있자니
나도 왠지 덩달아
고개를 흔든다.

그렇게 시간이 멈췄으면.
잠깐, 아주 잠깐만……

동시

나 무

강민규 / 홍천 구송초교 6학년

나무는
커다란 선풍기 같아
나를 시원하게 해주잖아

나무는
편안한 휴게소 같아
나를 쉴 수 있게 해주잖아

나무는
튼튼한 우산 같아
거센 비를 막아주잖아

동시

엄마 아빠 어릴적으로

박채린 / 홍천 구송초교 4학년

엄마 아빠
어릴적엔
밤이면 반딧불이
별처럼 날아다녀
저녁 밤이 환하셨단다.

엄마 아빠
어릴 적엔
산과 들, 강에서
꽃들과 풀들과 송사리들과
친구하고 노셨단다.

버려진 쓰레기들
지저분한 강과 들
이러다가
엄마 아빠 기억속에서만
아름다운 산들강이 있으면 어쩌지?

다시
엄마 아빠 어릴적으로
그 때로
돌아가면

아, 참 좋겠다.

상징적 표현으로 시어 이미지 형성 필요

- 유년시절 글쓰기 자아발전·창의적 사고 키워 -

"유년 글쓰기는 꿈의 기초입니다."

필자가 근무하는 여고에서 이틀 동안 축제를 했습니다. 27년을 남자 고등학교에만 근무하다가 여고로 이동하여 맞는 첫 축제인 셈이지요.

학생들은 공부에 매달리느라 시간 여유가 거의 없음에도 불구하고 짬 짬이 시간을 내어 방송제, 동아리제, 전시회, 가요제 등을 준비 했습니다. 내가 적지 않게 놀란 것은 아이들의 집중력입니다.

준비시간이 별로 없었는데도 불구하고 학생들은 맡은 일을 충실하게 연출하고 공연했습니다.

학생들의 축제 관람의 반응은 정말 대단했습니다. 무대 위에서 열창하 는 친구들의 이름을 불러가며 환호하고 즐기며 공부 스트레스를 다 날려 버리는 듯 열광적이었습니다.

수업 중에 그렇게 얌전하게 수업을 듣던 아이가 저렇게 정열적이었다 니…. 나는 전혀 믿을 수 없을 정도였습니다. 그러면서 나는 아이들의 잠 재적 가치와 자질을 실감하며 내심 많은 반성을 했습니다.

이번 축제를 준비하면서 대부분의 동아리 리더 아이들이 초등학교 시절 글쓰기에 애정을 갖고 있었다는 사실입니다. 그리고 백일장에도 참가했었고, 수상 경험이 있는 아이들이 대부분이었습니다.

한 학생은 "저는 드라마 작가가 꿈이에요."하고 말합니다. 그 옆에 있는 아이가 제게 묻습니다. "선생님 저는 시인이 되고 싶은데, 시인은 뭘 먹고 살지요?" 아이들은 까르르 웃습니다.

아이들과 생활하면서 유년시절의 글쓰기야말로 모든 아이들의 꿈의 기초이며 특별히 어린이들의 자아 발전과 창의적 사고의 산실임을 다시금 깨닫습니다.

본지에 실린 글을 살펴봅니다.

동시 「잠깐」(구송초6 용경진)을 살펴보면 정말 동시의 멋을 아는 것 같아 매우 반갑습니다. 글의 전개와 느낌, 구성력이 매우 좋습니다. 그리고 시어의 독창성도 뛰어납니다. '별들은 자장가를 부르고/ 달은 바람을 연주해' 이런 표현은 동시의 멋과 맛이 느껴지는 좋은 표현입니다. 그러나 조언하자면 시의 제목을 한번 생각해 보세요. 시에서 제목은 '작품의 절반이다'라고 할 만큼 중요한데 시 전체의 무게와 상이한 생각이 듭니다. 제목을 선정 할 때는 더욱 신중하게 판단하고 글 전체를 아우를 수 있는 상징성을 반드시 생각하기를 바랍니다.

다른 동시 「나무」(구송초 6 강민규)는 무난하게 정리된 작품인데 좀 아쉬운 생각이 듭니다. 글 전체적으로 자질이 있는 어린이라는 생각이 듭니다만, 좀 더 고민하고 집중 했다면 뭔가 다른 표현이나 시어가 튀어나올 듯도 한데 그만 꺼져버린 불같아 못내 속상합니다. 표현 내용을 살펴보면 '선풍기, 휴게소, 우산'은 이미 다른 동시에서 여러 번 사용한 예가 있습니다. 그렇다면 다른 시각으로 나무를 바라보며 세상에 단 한 번도 표현하지 않는 시어를 찾아보겠다는 의지가 있어야 합니다. 그런 각

오로 사물을 바라보면 더욱 좋은 글을 쓸 수 있으리라 생각합니다.

동시「엄마 아빠 어릴 적으로」(구송초4 박채린)는 솔직하게 표현한 글입니다. 그러나 동시가 더욱 동시다우려면 상징적인 표현을 통해 이미지를 형상화해야 합니다.

많은 학생들의 동시가 단순한 표현에 그치고 있음을 보면서 글쓰기의 어려움을 공감합니다. 그러나 더욱 좋은 글을 쓰자면 많은 노력과 연습 없이는 불가능하다는 것을 깨닫기 바랍니다. 왜냐면 지금 글쓰기의 노력은 단지 문학도만이 아니라 여러분 미래의 힘이자 심장이랍니다.

(강원도민일보 2010. 10. 08. 10면)

(강원도민일보 2010. 11. 05. 10면)
동시

나무도 나처럼

김효섭 / 양구 비봉초교 6학년

봄비 맞으며
싹이 트고

여름비 맞으며
몸집 크고

가을비 맞으며
생각에 잠긴다.

겨울눈 맞으며
인내심을 기르지.

나무도
나처럼!

동시

뜨거운 여름

정혜형 / 양구 비봉초교 6학년

어느 뜨거운 여름날
땀이 온몸을 적시고
봄에 따스하던 태양은
심술쟁이가 되고

겨울에 냉정했던
눈바람이 그리워지고
언제나 바스락 소리를 내던
빨간 단풍잎들이 보고 싶어지고

그러나 가을이 되면
여름이 그리워질까봐
여름을 미워할 수 없습니다.

'손녀딸과 할미꽃'을 읽고

김리영 / 강릉 율곡초 2학년

구박을 받다가 돌아가신 할머니 이야기를 읽었다. 할머니는 손녀딸들을 시집을 보냈다. 이 손녀딸들이 할머니 집에 찾아 왔다면 할머니가 외롭지 않을 것 같다. 내가 손녀딸이었으면 할머니 집에 자주 찾아왔을 것 같다.

할머니는 너무 외로워서 큰 손녀 집에 갔다. 큰 손녀딸은 할머니를 구박을 했다. 할머니는 둘째 손녀 집을 찾아갔다.

둘째 손녀도 마찬가지로 구박을 했다. 막내 손녀 집에 가려는데 힘들어 그만 돌아가시고 말았다. 첫째 손녀딸과 둘째 손녀딸이 구박만 하지 않았으면 돌아가시지 않았다. 차라리 가난하고 착한 막내 손녀딸 집에 먼저 갔으면 돌아가시지 않았을 텐데.

막내 손녀 꿈 속에 할머니가 나타나셨다. 나가보니 할머니는 이미 시체로 변해 버렸다. 막내 손녀는 양지바른 곳에 잘 묻어주었다. 나중에 '할미꽃'이 무덤에 피어났다. 막내 손녀를 만나지도 못하고 길에서 돌아가시다니 너무 안타깝다. 막내손녀를 만났더라면 좋았을 텐데 하는 생각이 들었다. 가난해서 맛있는 음식을 많이 드시지 못해도 행복했을 거다.

할미꽃을 나중에라도 보고 싶다. 할미꽃은 큰 손녀딸과 둘째 손녀딸이 구박을 해도 사랑하는 것 같다. 막내 딸도 사랑하는 것 같다.

동화책에서 그 할미꽃에 할머니의 넋이 담겼다고 했다. 할머니의 굽은 허리처럼 꽃송이 속에 할머니의 마음이 들었을 거다. 막내손녀는 그 할미꽃을 보면 할머니 생각이 날 거다.

교사·학생 대화 창의력 개발 중요
- 다양한 시야로 사물에 접근·새로운 단어로 표현 -

가을이 깊어 갑니다. 가로수 은행잎이 노랗게 변해가고, 설악산 단풍이 예년에 비해 더욱 아름답게 물들었다는 소식은 우리들의 마음을 가을의 정취에 흠뻑 빠지게 합니다.

필자는 지난주 토요일에 남춘천여자중학교의 도서관에서 열린 독서토론모임 '노둣돌'(지도교사 정광임)에서 주최한 '시울림'이라는 문학 잔치에 갔었습니다. 학생들이 그동안 준비한 시를 낭송하는 공연이었는데 학생들의 준비하는 정성과 지도교사의 사랑이 연합된 아름다운 문학 잔치였습니다.

시를 낭송하는 학생들의 정겨운 목소리는 지금도 내 가슴에 남아 마음을 움직입니다. 김성은(3) 학생은 「밤마다 별이 빛나는 것은」이라는 시를 낭송하면서 그림자 연기를 선보였는데 그 창작력은 특히 돋보였고 감동을 전해주기에 충분했습니다.

또 한 학생은 예이츠의 영시를 영어로 낭송을 했고, 시낭송에 대한 정열과 시사랑이 온 몸에 전율로 흘러내리는 듯했습니다. 낭송회 중간에 부모님들도 참여하여 자작시를 낭송하였고, 특히 딸아이와 플루트를 연주하는 어머니의 모습은 정말 아름다웠습니다. 그리고 이 공연을 보면서 필자가 발견한 것은 학생을 향한 지도교사의 열정과 사랑이었습니다. 아이들과 마음을 나누며 꾸준히 연습하고 또 글쓰기 지도를 하며 심지어는 선생님의 집으로 초대하여 밤늦도록 독서 토론을 했다는 학생의 자세한 설명을 듣고 '결국 아이들을 이렇게 위대하게 만드는구나'하는 생각이 저절로 생겨나기까지 했습니다. 필자가 그동안 다녀본 수백 번의 시낭송회보다 또 다른 모습으로 다가오는 신선한 감동이었습니다.

이번에 본지에 발표된 글을 보면서 지도교사와 학생의 관계에 대하여 생각해 봅니다.

양구 비봉초와 강릉 율곡초 선생님들의 어린이 글쓰기 지도를 위해 정말로 헌신하시는 모습이 눈에 선합니다. 그것은 바로 사랑이라는 큰 배에 아이들을 가득 싣고 미래를 향해 출항하는 선장과도 같을 것입니다.

작품을 살펴보면 동시 「나무도 나처럼」(양구 비봉초6 김효섭)은 시의 압축과 상징 그리고 정형성을 고루 살린 좋은 작품입니다. 자연을 통해 새로운 것을 발견하면서 자아가 성립되고 그 속에 담긴 상징성이 돋보입니다. 아마 이 내용을 산문으로 쓴다면 장문으로 설명해야 할 내용을 압축하여 표현한 능력은 칭찬할 만합니다. 그러나 한 마디 조언하자면 좀 더 새로운 시어와 시야로 접근해 보면 더욱 좋은 작품이 나오리라는 생각입니다.

동시 「뜨거운 여름」(양구 비봉초6 정혜형)에서는 어린이답지 않게 쓴 성숙한 표현이 눈길을 끕니다. '그러나 가을이 되면/ 여름이 그리워질까봐/ 여름을 미워할 수 없습니다' 이런 표현은 독자들에게 감동을 주는 좋은 표현입니다. 가능성이 보이는 작품입니다.

다른 장르를 살펴보면 독후감 「손녀딸과 할미꽃」을 읽고」(강릉 율곡초교2 김리영)는 글을 읽고 난 후 할머니에 대한 애틋한 사랑을 잘 표현하고 있습니다. 그리고 만약 자신이 주인공이었다면 이런 상황에서 어떻게 할 것인가에 대한 느낌도 솔직하게 표현하고 있고, 주인공인 할머니의 심정을 이해하려는 자세가 돋보입니다. 일반적으로 독후감을 쓸 때 글 내용전달에 그치는 경우를 자주 보는데, 독후감이 아니라 책 줄거리 요약문에 그칠 수 있음을 간과해서는 안 됩니다.

독후감을 잘 쓰려면 우선 책을 정독하고 여러가지 시야에서 다양하게 접근을 해야 합니다. 그러기 위해서는 지도교사는 학생과의 많은 대화를 통하여 새로운 창의력을 개발하는 조언을 계속 해나가야 하는 과정을 더욱 중시해야 할 것입니다.

다음 세대를 위한 교사의 노력과 외로움은 결국 아이들의 마음의 터를 더욱 풍요롭게 만들 테지요.

(강원도민일보 2010. 11. 05. 10면)

(강원도민일보 2010. 12. 03. 9면)
산문

우리 할아버지는 환경 지킴이

박지선 / 홍천 화촌초교 4학년

우리 동네 구석진 곳이나 길가에는 쓰레기가 많다.

그 많은 쓰레기를 우리 할아버지께서 치우신다.

우리 할아버지께서는 환경 지킴이와 어린이 안전 지킴이를 하고 계신다.

그 활동을 시작하기 전에는 운동도 열심히 하시고 식사도 잘 하셔서 건강하다고 생각했는데 요즘 할아버지는 늙어 보이신다. 운동도 거의 못 하시고 식사 시간도 불규칙하기 때문이다.

군것질을 하고 비닐포장을 길거리에 버리는 친구들을 보면 나는 쓰레기통에 버리라고 말한다. 할아버지께서 고생하시는 생각이 나서다.

학교에 다니는 우리들이 환경을 잘 보호한다면 우리나라는 살기 좋은 나라가 될 것이다.

작은 일부터 실천하자고 주장하고 싶다. 학용품 아껴 쓰기, 세제는 조금만 사용하기, 분리수거하기, 재활용하기, 쓰레기는 쓰레기통에 버리기, 음식 남기지 않기 등 우리들이 지킬 일도 많다.

내가 먼저 앞장서서 실천하면 우리 가족도 친구들도 모두 실천하리라 믿는다.

모두가 행복하게 살 수 있도록 자연을 보호하고 환경이 오염되지 않도록 노력해야겠다.

동시

봄이 왔어요

심현식 / 홍천 화촌초교 2학년

문을 열고 나가보니 봄이 왔어요.
쌀쌀한 바람이 지나간 곳에
따스한 바람이 방긋 웃고 있어요.
하얀 눈 녹은 자리에는
파릇파릇 새싹이 소곤소곤 노래를 하고요.
꽁꽁 얼어있던 강물은 졸졸졸 춤을 추어요.

해님 따라 나가보니 봄이 오고 있어요.
추운 겨울 쓸쓸했던 놀이터엔
친구들의 미소가 나를 부르고요.
예쁜 꽃들의 향기가
나의 마음 속 봄에게 인사를 해요.

벚 꽃

유설아 / 홍천 화촌초교 3학년

벚꽃
아름다운 벚꽃을 보면
내 마음도 아름다워진다.

아름다운 벚꽃
봄에만 피는
희고 분홍인 꽃

아름다운 벚꽃
희고 분홍인 것은
그건 오직 깨끗하기 때문.

'솔직한 글' 은 읽는 사람 마음을 움직인다

- 상투적 표현·소재 벗어나 차별성 있는 글쓰기 노력해야 -

간밤에 첫 눈이 내렸습니다. 갑자기 내린 눈으로 바닥이 미끄러워 자동차가 길게 늘어 서 있고 등굣길이 너무 복잡합니다.

그래도 매우 춥지만 학생들은 학교에 일찍 등교하고 젊은 엄마는 건널목에서 아이의 손을 잡고 신호를 기다리고 서 있습니다. 털외투로 목을 감싸고 벙어리장갑을 낀 모습이 지나간 60년대 등굣길과 별 차이가 없습니다. 이 아이들도 자라나 어른이 되면 자기 자식들에게 똑같이 겨울옷을 입히고 등교를 도와주며 부모노릇을 할 테지요.

필자도 학교로 출근을 하면서 바라보는 초겨울의 일상에 마음이 훈훈합니다. 그러면서 벌써 십여 년째 파킨슨씨병으로 누워계신 어머니 생각이 납니다. 아침 출근할 때에 방에 들러 "엄마 다녀올게요."라고 인사를 하자 언제나 "아침 밥 먹었냐?"고 되묻는 어머니. 그리고 움직이지 못하고 하루 종일 누워만 계시는 당신의 모습은 참으로 안타까워 할 말을 잊었습니다.

나이가 많아져도 엄마는 역시 엄마입니다. 세상에 그보다 더 아름다운 단어가 또 어디에 있을까요?

본지에 발표된 어린이들의 글을 읽는 중에 「우리 할아버지는 환경 지킴이」(화촌초4 박지선) 작품에서 나는 그만 눈물이 납니다. 4학년인데도 어른보다 더 자연을 아끼고 사랑하는 그 마음과 더불어 할아버지에 대한 고마움과 존경하는 자세가 마음을 움직입니다.

그리고 이 글에는 진실이 담겨 있음을 발견합니다. 솔직한 글은 독자를 움직이고 작품에 빛이 나지요. 그러나 한마디 조언하자면 좀 더 형상화 하도록 노력해야 합니다. 산문일지라도 상상력을 동원하여 더욱 밀도 있게 할아버지에 대한 감사와 특이성을 표현해 내야 합니다.

다른 사람도 늘 표현하는 글의 소재에서 벗어나 내 할아버지만이 가지고 있는 특별한 차별성을 발견하도록 노력해야 합니다. 그러면 더욱 좋은 작품을 쓸 수 있으리라 확신합니다.

운문을 살펴보면 「봄이 왔어요」(화촌초2 심현식)가 금방 눈에 띕니다. 초겨울의 시작인데도 불구하고 벌써 봄을 생각하는 그 시심이 구별되며, '추운 겨울 쓸쓸했던 놀이터엔 친구들의 미소가 나를 부르고요'라고 표현하는 그 동심에 칭찬을 아끼지 않습니다.

저학년일지라도 글을 쓰는 능력이 고학년에 전혀 뒤지지 않는 자질을 가지고 있는 우수한 학생이라는 생각이 듭니다.

운문 「벚꽃」(화촌초3 유설아)을 살펴보면 전체적으로 잘 정리되어 있는 작품입니다.

동시의 정형성과 간결한 문체는 매우 양호하며 좀더 연습을 하면 좋은 작품을 쓸 수 있는 어린이라는 생각이 드니, 꾸준한 독서와 글쓰기를 통하여 자기만의 글을 쓸 수 있도록 노력해 보세요.

이번에 발표된 글은 화촌초등학교 학생들 작품이 많은데 모든 작품들이 가능성을 많이 보여주는 좋은 작품이라는 생각을 합니다.

늘 자연을 바라보며 생각의 나무를 키우고 그리고 먼 훗날 자신이 기른 나무가 커다란 거목이 되어 세계의 대 문학가가 되는 큰 꿈을 꿔 보세요.

필자는 초겨울 지금, 어릴 적 어머니 손에 이끌려 등교를 하고 책 읽기를 게을리 한다고 꾸지람을 듣던 그때가 마냥 그립답니다.

(강원도민일보 2010. 12. 03. 9면)

(강원도민일보 2010. 12. 17. 10면)
동시

정원이야기

박소영 / 춘천 성원초교 6학년

봄, 여름, 가을, 겨울
계절이 바뀔 때마다
여러 가지 이야기로 꾸며진다.

봄에는
연둣빛
새싹이야기.

여름엔
뜨거운 햇살 아래
목마른 나무 이야기.

가을엔
한여름 무더위에 지친
나무를 쉬게 하는
서늘한 바람이야기

겨울엔
소복소복 온 세상을 하얗게
뒤덮는 눈 이야기.

정원은 나의 삶의 이야기를 담고
있다.

민들레

김민상 / 춘천 성원초교 6학년

어디선가 날아온
민들레 씨앗 하나.

땅 위에 앉고는
뿌리 내린다.

뿌리는 밑으로
잎은 옆으로

그 사이 올라오는
꽃대.

계속 올라오고
꽃봉오리 맺고는

별빛처럼 반짝이는
꽃망울 터뜨린다.

꽃이 지고 생기는
씨앗들.

바람이 불자
씨앗들은 날아가고

홀로 남은 민들레는
씨앗들을 축복하며

조용히…
눈을 감는다.

동시

녹색 레시피

용경진 / 홍천 구송초교 6학년

가마솥에 풍덩
분리 수거 한 개
대중교통 반 개

불지피다 풍덩
나무 심기 한 큰 술
재활용 두 큰 술

휘젓다가 풍덩
아나바다 10g
내가 먼저 소스 100ml

마지막으로
진심 조금, 희망 약간
뿌려주면

'Happy Green' 완성

지나친 반복은 시의 긴장성 떨어뜨려

- '상상력'은 충분한 기본기·연습 뒷받침돼야 -

 눈이 내리고 거리에 구세군 자선냄비 종소리와 크리스마스 캐럴이 들려옵니다.

 그리고 기다리던 겨울방학이 다가오고 있습니다.

 학창시절 긴 겨울방학은 어린이들에게 많은 경험과 추억을 만들 수 있고, 평소에 읽고 싶었던 책을 밤새도록 읽을 수 있는 좋은 기회이기도 합니다.

 필자는 작년 겨울방학 기간에도 인도 신학대학에 강의 차 가서 본보의 지면에 원고를 보냈었는데 올해에도 계획대로 항공권을 예약하고 강의 준비를 하고 있습니다. 그런데 벌써 항공권이 매진되어 대기자 명단에 이름을 올리고 학수고대 예약 상황을 기다리고 있답니다.

 이번에는 남인도 타밀라드(옛 이름 마드라스) 주와 북인도 비하르 주에서 강의를 하는데 타밀라드 주 수도인 첸나이에 가면 이상한 언어를 발견하게 됩니다. 그들이 사용하는 언어는 타밀어인데 우리가 사용하는 한글과 똑같은 언어가 무려 1000여개나 된다는 사실은 고대 역사에서 인도와 한국의 문화적인 공통성이 매우 컸다는 증거라고 생각됩니다.

타밀어는 현재 남인도 지역과 스리랑카 등 6000만명이 사용하는 타밀족 언어인데 참고로 몇 가지 유사점을 소개합니다. 신라의 시조인 박혁거세의 설화 속에 나오는 주요 명칭들이 타밀어와 일치하고, 또한 우리 민족의 놀이 문화인 제기차기, 윷놀이 등도 놀이방법이 동일한 것으로 볼 때 매우 의미 있는 주장이라는 생각이 듭니다.

"아빠(아빠), 암마(엄마), 안니(언니), 난(나), 니(니), 인거 봐!(니 이거 봐!), 난 우람(난 우람하다), 난 닝갈비다 우람(난 너보다 우람하다), 바나깜(반갑다), 모땅(몽땅), 빨(이빨), 궁디(궁뎅이)" 등 수없이 유사한 단어들이 많이 발견되고 있습니다.

우리 어린이들도 열심히 공부하여 언어학자가 되어서 인도 타밀어와 한국어의 공통점 등을 연구해 보면 어떨까? 하는 생각을 해 보면 괜히 마음이 흐뭇해집니다.

본지에 실린 작품을 살펴보면, 동시 「정원이야기」(춘천 성원초6 박소영)는 계절의 변화를 시적으로 잘 표현하고 있습니다. 표현에 군더더기 없이 봄 여름 가을 겨울의 특징을 압축적으로 표현하고 있는데 3연의 "뜨거운 햇살 아래/ 목마른 나무 이야기" 4연의 "한여름 무더위에 지친/ 나무를 쉬게 하는/ 서늘한 바람이야기" 등의 표현은 문학적 자질을 갖춘 어린이라는 생각을 하게 합니다. 그러나 한 가지 조언하면 한 작품에서 '이야기'라는 단어가 일곱 번이나 반복하는 것은 '지나치다'라고 생각됩니다. 왜냐하면 시적 긴장성을 떨어뜨리기 때문입니다.

반복은 안정적인 느낌을 주기도 하지만 시의 생명인 상징성에 걸림돌인 지나친 반복은 문제점이 될 수 있음을 염두에 두길 바랍니다.

동시 「민들레」(춘천 성원초6 김민상)를 살펴보면 민들레의 일생을 노래하고 있는데, 시적 감수성이 풍부하고 시적인 정서와 재능을 잘 갖춘 학생이라는 생각이 듭니다. 자연을 통하여 소재를 찾고 관찰을 통하여 자기 작품으로 완성되는 과정은 매우 중요하며 반드시 거쳐야 되는 시적 성찰의 단계입니다. 그런데 이 작품에서 한 가지 조언하자면 핵심이 느슨하다는 문제가 있습니다. 너무 서술적이어서 독자에게 감동을 주기에는 주제가 산만하여 한가지로 집중되는 상징성이 떨어지고 있습니다. 이 점에 유의하길 바랍니다.

동시 「녹색 레시피」(홍천 구송초6 용경진)는 상상력이 매우 뛰어난 어린이라고 칭찬하고 싶습니다. 아무도 관심이 없는 분야에서 새롭게 자기만의 창작력을 통해 작품을 구상해 내는 능력이 매우 뛰어납니다. 마치 회화로 비유하면 비구상입니다. 그러나 주의할 점은 충분한 기본기와 수많은 연습이 뒤따라야 함을 잊어서는 안 된다는 것입니다. 처음에는 쉽게 접근할 수도 있지만 기본이 뒷받침되지 않으면 첫 느낌을 오래 지속하기 어렵다는 사실을 기억하길 바랍니다.

겨울 방학을 앞두고 독서 계획을 세워 보세요. 이번 방학을 통하여 더욱 성숙한 사고력을 갖는 어린이가 되기를 간절히 소망합니다.

(강원도민일보 2010. 12. 17. 10면)

(강원도민일보 2010. 12. 31. 10면)

편지글

사랑하는 아빠께

김수민 / 홍천 화촌초 3학년

아빠 저 수민이에요.

오늘은 드릴 말씀이 있어서 편지를 써요.

아빠

담배가 몸에 해롭다는 거 잘 아시죠?

그래서 그러는데 담배를 끊으셨으면 좋겠어요.

저도 담배 끊기가 매우 어렵다는 얘기를 들어서 알고 있어요.

그걸 알면서도 이런 편지를 드리는 이유는 오늘 TV를 보고 알았는데 담배 한 대를 피울 때마다 아빠가 저를 보실 시간이 6분씩 줄어든다는 거예요.

처음에 무슨 말인지 몰랐는데 그건 바로 수명이 짧아진다는 거래요.

담배에는 셀 수 없이 많은 해로운 물질이 들어있대요.

아빠, 아빠를 위해 우리 가족을 위해 담배를 끊어 주세요.

꼭이요.

방송부를 하면서

김성령 / 홍천 석화초 6학년

나는 5학년 때 방송부에 관해 별 관심이 없었다. 방송부가 되기까지 많은 일들을 만나게 되었다. 그 시작은 이렇다.

5학년 2학기 때쯤에 방송부를 모집한다는 이야기를 들었다. 그것을 알게 될 수 있었던 것은 바로 친구들의 이야기 덕분이었다.

먼저 나는 집에 가서 방송부를 하고 싶다고 부모님께 말씀드렸다. 엄마는 몇 번 거절을 하시다가 내가 계속 조르는 탓에 허락을 하셨다. 그때 기분은 너무 너무 좋았다. 그리고 기다리고 기다리던 방송부 오디션을 보는 날! 학교 수업을 마치고 친구들과 방송부 오디션을 보려고 기다렸다. 그 때의 기분을 잊을 수가 없다. 계속 조마조마하고 어떤 질문을 할까? 고민도 해보고 걱정이 이만저만 아니었다.

방송부 오디션 시간! 그 교실에서 기다리던 사람들은 방송부 담당 선생님, 그리고 방송부를 하고 있는 선배들이었다.

나는 방송부에 카메라 담당을 맡고 싶다고 원서를 냈다. 교실에서 여러 가지 말씀을 듣고 나서 컴퓨터실로 갔다. 컴퓨터실에서 타자시험을 보았다. 처음에는 어떤 관계가 있는지 궁금했다. 타자시험을 보고 별로 좋지 않은 점수가 나왔다. 하지만 신경 쓰지 않고 다음 시험을 보았다.

다음 시험은 카메라 다루기였는데 방송실에서 하였다. 시험을 보고 며칠 뒤 합격이 된 것을 알게 되어 기뻤고 그 후 방송부 연습을 하였다. 그리고 6학년이 되고 진짜로 방송부원이 되어서 혼자서 도움이 없이 방송을 했다. 연습 도중에 많은 일들이 있었고 그만두고 싶었지만 그런 일들이 있었기에 난 좋은 결과를 얻을 수 있었다고 생각한다. 그리고 후배들에게 나의 방송부 선배가 나에게 주었던 사랑과 정성을 두 배로 베풀고 싶다.

필 통

신재호 / 홍천 석화초 2학년

학교 갈 때면
언제나 가지런히
연필을 넣어주는 착한 필통

연필깎이로 깎아서 뾰족해진 연필도
쓱쓱 지우개도
기다란 자도 넣어주는 필통

이제 학교에서 공부할
준비가 되었다고
통통하게 살이 찐 필통

연필이 부러지면
준비한 연필을 주는 고마운 필통

어릴 때부터 꾸준한 글쓰기 연습 필요

- 주제·의도 파악 과학적 접근해야… 독자 공감대 확보도 중요 -

폭설과 한파로 전국이 꽁꽁 얼었습니다.

기다리던 겨울방학을 시작하자 어린이들이 부모님과 함께 주말을 이용하여 여행을 떠나는 모습이 보입니다. 자동차 트렁크에 여행에 필요한 물건들을 실으면서 바쁜 걸음으로 움직이는 모습이 참 보기에 좋았습니다.

필자는 지난 일주일 동안 동해에 있는 한중대학교에서 '대학입학사정관제' 연수를 들었습니다. 도내 고등학교 교사 120명이 합숙하며 강의를 들었는데 새롭게 변화하는 대학입시에서 가장 중요하게 반영되는 것이 바로 학생의 잠재능력을 찾아내는 일이었습니다. 그 중 중요한 것이 바로 자기소개서인데 입학 사정관의 말을 빌린다면 학생들이 자기 자신에 관하여 정확하게 인식하지 못하고 있다는 것입니다. 맞춤법은 물론이고 문맥의 앞뒤가 맞지 않는 글이 너무 많아서 과연 이 수험생이 고3 학생인지 의심이 갈 정도라는 것이에요.

필자는 문득 본보의 이 지면을 사랑하는 어린이 독자들이라면 분명히 훗날 대학입시를 치를 때에 자기 소개서를 매우 잘 쓸 것이라는 생각을 했습니다.

왜냐하면 글쓰기는 어느 날 갑자기 잘 써지는 것이 아니라 꾸준한 연습을 통하여만 가능하기 때문입니다. 그리고 가장 중요한 글의 주제와 의도를 파악하고 정확하게 문학적으로 접근해야 하는 것이 매우 중요하다는 것을 어릴 때부터 깨닫고 글쓰기를 한다면 분명히 좋은 글을 쓸 수 있으리라 믿고 싶답니다.

본지에 실린 글을 살펴보면, 산문 작품 「사랑하는 아빠께」(화촌초3 김수민)는 아빠 건강에 대한 사랑과 염려가 잘 조화된 짧은 편지글입니다. 이 글 속에는 주제가 매우 잘 표현되어 있습니다.

저학년 학생임에도 아빠의 흡연에 대한 안타까움을 "아빠가 저를 보실 시간이 6분씩 줄어든다는 거예요"라고 노래하고 있습니다. 어떤 독자가 읽는다 하더라도 이 호소를 외면하는 사람은 한 명도 없을 것입니다. 글에서 가장 중요한 것이 독자의 공감대를 얻는 일입니다. 그런 부분에서 이 작품은 잘 쓴 글입니다. 그러나 한 가지 조언하자면 산문이라면 기승전결의 구조 속에서 조화로움이 있어야 합니다. 주제를 더욱 살리기 위하여 비유적으로 혹은 직유적으로 설명이 필요한데 그런 부분에서는 과학적인 자료를 통하여 제시해야하는 부분이 필요함을 이해해 주길 바랍니다.

산문 「방송부를 하면서」(홍천 석화초6 김성령)를 살펴보면 글을 재미있게 정리 할 수 있으며 안정감있게 구성하는 능력을 가진 학생이라는 생각이 듭니다. 글을 쓴 동기와 과정 그리고 주변의 관계성 등을 자연스럽게 소개하며 자신의 감정을 잘 표현하고 있습니다. 그런데 한 가지 생각해 보면 방송부원이 되고 난 후에 공연하는 과정에 대한 어려움과 기쁨 등에 대하여 구체적인 설명을 덧붙였다면 하는 아쉬움이 남습니다.

동시 「필통」(홍천 석화초2 신재호)을 살펴보면 정말 동시의 즐거움을 느낄 수 있는 좋은 작품입니다. 특히 3연에 "이제 학교에서 공부할/ 준비가 되었다고/ 통통하게 살이 찐 필통"이라는 표현은 이 어린이가 시적으로 매우 크게 성장할 가능성이 있다는 생각이 듭니다. 어린이들이 매일 보고 만지는 필통은 무생물이지만 어린이의 착상을 통하여 새롭게 유생물로 태어났습니다. 바로 이런 것이 문학을 즐기게 하는 요소입니다.

어린이들의 동시는 어른들이 흉내낼 수도 없는 비밀이 숨겨 있는 보물섬과도 같답니다. 춥다고 웅크리지 말고 자신있게 밖으로 나가 대자연과 호흡하세요. 그 속에서 미래의 꿈을 일궈보세요. 미래는 바로 어린이들의 세상입니다.

(강원도민일보 2010. 12. 31. 10면)

꿈꾸듯 동시에 꽃을 피워요

인 쇄 _ 2020년 5월 1일
발 행 _ 2020년 5월 5일
저 자 _ 김홍주(khj00006@hanmail.net)
뒤표지 컷 _ 박신영
발행처 _ (주)달아실출판사
        강원도 춘천시 춘천로 17번길37, 1층
        전화.033-241-7661 팩스.033-241-7662
인쇄처 _ 강원도민일보 출판국

ISBN _ 979-11-88710-65-2 (03800)
값 _ 10,000원

* 이 도서의 국립중앙도서관 출판예정도서목록(CIP)은 서지
  정보유통지원시스템 홈페이지(http://seoji.nl.go.kr)와 국가
  자료공동목록시스템(http://www.nl.go.kr/kolisnet)에서 이용
  하실 수 있습니다.
  (CIP제어번호 : CIP2020015457)
* 잘못된 책은 구입한 곳에서 바꿔드립니다.

본 사업은 CF춘천시문화재단 2020 문화예술육성지원사업입니다.